中印经典和当代作品
互译出版项目
CHINA-INDIA TRANSLATION PROJECT
普拉萨德作品集

普拉萨德诗选

Selected Poems of Jaishankar Prasad

【印】杰辛格尔·普拉萨德◎著

薛克翘◎译

中国大百科全书出版社

图书在版编目（CIP）数据

普拉萨德诗选 /（印）杰辛格尔·普拉萨德著；薛
克翘译. — 北京：中国大百科全书出版社, 2023.6
中印经典和当代作品互译出版项目
ISBN 978-7-5202-1358-5

Ⅰ.①普… Ⅱ.①杰… ②薛… Ⅲ.①诗集—印度—
现代 Ⅳ.①I351.25

中国国家版本馆CIP数据核字（2023）第 099729 号

出 版 人	刘祚臣	
审　　校	姜景奎	
责任编辑	王　宇	
封面设计	许润泽　叶少勇	
责任印制	魏　婷	
出版发行	中国大百科全书出版社	
地　　址	北京阜成门北大街17号	邮政编码　100037
电　　话	010-88390636	
网　　址	http://www.ecph.com.cn	
印　　刷	北京君升印刷有限公司	
开　　本	710 毫米×1000 毫米　1/16	
印　　张	24.25	
字　　数	338 千字	
印　　次	2023 年 6 月第 1 版　2023 年 9 月第 2 次印刷	
书　　号	ISBN 978-7-5202-1358-5	
定　　价	99.00 元	

中印经典和当代作品互译出版项目
中方专家组

主　　编	薛克翘　刘　建　姜景奎
执行主编	姜景奎
特约编审	黎跃进　阿妮达·夏尔马（印度）
	邓　兵　B.R.狄伯杰（印度）
	石海军　苏林达尔·古马尔（印度）

总序：印度经典的汉译

一、概念界定

何谓经典？经，"织也"，本义为织物的纵线，与"纬"相对，后被引申为典范之作。典，在甲骨文中上面是"册"字，下面是"大"字，本义为重要的文献，例如传说中五帝留下的文献即为"五典"[①]。《尔雅·释言》中有"典，经也"一说，可见早在战国到西汉初，"经""典"二字已经成为近义词，"经典"也被用作一个双音节词。

先秦诸子的著作中有不少以"经"为名，例如《老子》中有《道经》和《德经》，故也名为《道德经》，《墨子》中亦有《墨经》。汉罢黜百家之后，"经"或者"经典"日益成为儒家权威著作的代称。例如《白虎通》有"五经何谓？谓《易》《尚书》《诗》《礼》《春秋》也"一说，《汉书·孙宝传》有"周公上圣，召公大贤。尚犹有不相说，著于经典，两不相损"一说。然而，由印度传来的佛教打破了儒家对这一术语的垄断。自汉译《四十二章经》以来，"经"便逐

---

① "典，五帝之书也。"——《说文》

渐成为梵语词 sutra 的标准对应汉译，"经典"也被用以翻译"佛法"（dharma）①。随着佛教在中国的传播和发展，类似以"经典"指称佛教权威著作的说法也多了起来。②到了近代，随着西学的传入，"经典"不再局限于儒释道三教，而是用以泛指权威、影响力持久的著作。

来自印度的佛教虽然影响了汉语"经典"一词的语义沿革，但这又可以反过来帮助界定何为印度经典。汉译佛经具体作品的名称多以 sutra 对应"经"，但在一般表述中，"佛经"往往也囊括经、律（vinaya）、论（abhidharma）三藏。例如法显译《摩诃僧祇律》（*Mahasanghika-vinaya*）、玄奘译《瑜伽师地论》（*Yogacarabhumi-sastra*），均被收录在"大藏经"之中，其工作也统称为"译经"。来华译经的西域及印度学者多为佛教徒，故多以佛教典籍为"经典"。不过也有一些非佛教徒印度学者将非佛教著作翻译为汉语，亦多冠以"经"之名，其中不乏相对世俗、与具体宗教义理不太相关的作品，例如《婆罗门天文经》《婆罗门算经》《啰嚩拏说救疗小儿疾病经》（*Ravankumaratantra*）等。如此，仅就译名对应来说，古代汉语所说的"经典"可与 sutra、vinaya、abhidharma、sastra、tantra 等梵语词对应，这也基本囊括了印度古代大多数经典之作。

然而，古代中印文化交流也有一定的局限性，若以现在对经典的理解以及对印度了解的实际情况来看，吠陀、梵书、森林书、奥义书、往世书等古代宗教文献，两大史诗、古典梵语文学著作等文学作品，以及与语法、天文、法律、政治、艺术等相关的专门论著都是印度经典不可或缺的部分。从语言来看，除梵语外，巴利语、波罗克利特语、阿波布朗舍语等古代语言，伯勒杰语、阿沃提语等中世纪语言，印地语、孟加拉语、乌尔都语等现代语言，以及殖民时期被引入印度并在印度生根发芽的英语都在不同的历史时期承载了印度经典的传承。

---

① "又睹诸佛，圣主师子，演说经典，微妙第一。"——《妙法莲华经》卷一《序品》（T09, no. 262, c18-19）

② "佛涅槃后，世界空虚，惟是经典，与众生俱。"——白居易《苏州重玄寺法华院石壁经碑》

二、古代中国对印度经典的汉译

经典翻译，是将他者文明的经典之作译为自己的语言，以资了解、学习，乃至融合、吸纳。这一文化行为首先需要一个作为不同于自己的"他者"客体具有足以令主体倾慕的经典之作，然后需要主体"有意识"地开展翻译工作。印度文明在宗教、哲学、医学、天文等方面的经典之作具有较高的知识水平，在不同时代对中国社会各阶层产生了独特的吸引力。中印文明很早就有了互通记录，有着甚深渊源，在商品贸易、神话传说、天文历法等方面已有学者尝试考证。① 随着张骞出使西域，佛教传法僧远来东土，中印之间逐渐建立起"自觉"的往来，古代中国对印度经典的汉译也在汉代以佛经翻译的形式得以展开。

1. 佛教经典汉译

毫无争议，自已佚的《浮屠经》② 以来，佛教经典汉译在古代中国对印度经典的翻译中占有主流地位。译经人既有佛教僧人，也有在家居士，既有本土学者，也有西域、印度的传法僧人。仅以《大唐开元释教录》以及《贞元新定释教目录》的统计为例，从东汉永平十年至唐贞元十六年，这 734 年间，先后有 185 名重要的译师翻译了佛经 2 412 部 7 352 卷（见表 1），成为人类历史上少有的翻译壮举。

---

① 季羡林:《中印文化交流史》（北京：新华出版社，1993 年）及薛克翘:《中国印度文化交流史》（北京：昆仑出版社，2008 年）中部分内容均介绍了相关观点。

② 学术界关于第一部汉译佛经的认定，历来观点不一。不少学者认为，《四十二章经》是第一部汉译佛经；但有学者经过考证发现，西汉哀帝元寿元年（公元前 2 年）大月氏使臣伊存口授的《浮屠经》应该是第一部，可惜原本失佚，后世知之甚少。目前，学术界基本倾向于认为《浮屠经》为第一部汉译佛经，并已意识到《浮屠经》在中国佛教史及学术史上的重要地位。参见方广锠:《〈浮屠经〉考》,《法音》，1998 年第 6 期。

表 1　东汉至唐代汉译佛经规模 ①

朝代	年代	历时	重要译师人数	部数	卷数
东汉	永平十年至延康元年	154 年	12	292	395
魏	黄初元年至咸熙二年	46 年	5	12	18
吴	黄武元年至天纪四年	59 年	5	189	417
西晋	泰始元年至建兴四年	52 年	12	333	590
东晋	建武元年至元熙二年	104 年	16	168	468
前秦	皇始元年至太初九年	45 年	6	15	197
后秦	白雀元年至永和三年	34 年	5	94	624
西秦	建义元年至永弘四年	47 年	1	56	110
前凉	永宁元年至咸安六年	76 年	1	4	6
北凉	永安元年至承和七年	39 年	9	82	311
南朝宋	永初元年至升明三年	60 年	22	465	717
南齐	建元元年至中兴二年	24 年	7	12	33
南朝梁	天监元年至太平二年	56 年	8	46	201
北朝魏	皇始元年至东魏武定八年	155 年	12	83	274
北齐	天保元年至承光元年	28 年	2	8	52
北周	闵帝元年至大定元年	25 年	4	14	29
南朝陈	永定元年至祯明三年	33 年	3	40	133
隋	开皇元年至义宁二年	38 年	9	64	301
唐 ②	武德元年至贞元十六年	183 年	46	435	2 476

　　自东汉以后约 6 个世纪中，大量佛教经典被译为汉语，其历程与佛教在中国的传播历程基本同步。在这一过程中，涌现出许多重要译师，仅译经 50 部或 100 卷以上的译师就有 16 人（见表 2），其中又以鸠摩罗什、真谛、玄奘、义净、不空做出的贡献最为卓越，故此他们被称为"汉传佛教五大译师"。他们的生平事迹和具体贡献在许多佛教典籍中均有叙述，此不赘述。

---

　　① 本表主要依据《大唐开元释教录》整理而成，其中唐代的数据引用的是《贞元新定释教目录》。

　　② 唐代数据至德宗贞元十六年（800）为止，并不完整。但考虑到贞元年后，大规模译经基本停止，故此数据亦有相当高的参考价值，至贞元十六年，唐代已经译经 435 部 2 476 卷，足以确立其在中国译经史上的地位。

表 2　译经 50 部或 100 卷以上的译师

时代	朝代	人名	译经部数	译经卷数
三国西晋	吴	支谦	88	118
	西晋	竺法护	175	354
东晋十六国	东晋	竺昙无兰	61	63
		瞿昙僧伽提婆	5	118
		佛陀跋陀罗	13	125
	北凉	昙无谶	19	131
	后秦	鸠摩罗什	74	384
南北朝	宋	求那跋陀罗	52	134
	陈	真谛	38	118
	北魏	菩提留支	30	101
隋唐	隋	阇那崛多	39	192
	唐	玄奘	76	1 347
		实叉难陀	19	107
		义净	68	239
		菩提流志	53	110
		不空	111	143

　　自唐德宗之后，译经事业由于政局等多方面因素影响而受阻，此后又经历了唐武宗和后周世宗两次灭佛，佛教在中国的发展受到冲击。直到 982 年，随着天竺僧人天灾息和施护的到访，北宋朝廷才重开译经院，此时距唐德宗年间已有约 200 年，天灾息等僧人不得不借助朝廷的力量重新召集各地梵学僧，培养本土翻译人才。在此后的约半个世纪中，他们总计译出 500 余卷佛经。此后，汉地虽有零星译经，却再也不复早年盛况，古代中国对印度经典的汉译逐渐落下帷幕。

2. 非佛教经典汉译

　　佛教经典汉译占据了古代中国对古代印度经典汉译的主流，除此之外，其他一些印度经典也被译为汉语。这些文献大致可以分为两类。一类是在翻译佛教经典的过程中无意之中被译为汉语的，尤其是佛教文献中所穿插的印度民间故事等。① 一类是在翻译佛教经典之外，有意翻译的非佛教经典，例如婆罗门教哲学、天文学、医学著作等。尽管数量无法与佛教经典相提并论，但这些非佛教经典的翻译在一定程度上体现了古代中华文明对古代印度文明的关注开始逐渐由佛教辐射到印度文明的其他领域。不过从译者的宗教信仰以及对经典的选择来看，这类汉译大部分是佛教经典翻译的附属产品。

3. 其他哲学经典汉译

佛教自产生以来，与印度其他思潮之间既有争论，也有共通之处。因而在佛教经典的汉译过程中，中国人也逐渐接触到古代印度的其他哲学。有关这些哲学派别的基本介绍散见于包括佛经、梵语工具书、僧人传记等作品中，例如《百论疏》对吠陀、吠陀支、数论、胜论、瑜伽论，甚至与论释天文、地理、算术、兵法、音乐法、医法的各种学派相关的记载、注释和批判也可以在这些作品中找到。② 很有可能出于佛教对数论派和胜论派知识的尊重，以及辨析外道与佛法差别的需要等原因，真谛和玄奘才分别译出了数论派的《金七十论》和胜论派的《胜宗十句义论》。③ 这两部经典的汉译在一定程度上拓宽了中国知识界对印度哲学的视野，但其翻译在很大程度上受到了佛教对其他哲学派别好恶的影响，依然是在佛教经典汉译的主导思路下完成的。

4. 非哲学经典汉译

除宗教哲学经典外，古代印度的天文学、数学、医学在人类科

---

① 新文化运动以来，这一领域已有多部论著问世，此不赘述。
② 宫静：《谈汉文佛经中的印度哲学史料——兼谈印度哲学对中国思想的影响》，《南亚研究》，1985 年第 4 期，第 52~59 页。
③《金七十论》译自数论派的主要经典《数论颂》（Samkhya-karika），相传为三四世纪自在黑（Isvarakrsna）所作。《胜宗十句义论》的梵文原本已佚，从内容看属于胜论派较早的经典著作。参见黄心川：《印度数论哲学述评——汉译〈金七十论〉与梵文〈数论颂〉对比研究》，《南亚研究》，1983 年第 3 期，第 1~11 页。

学史上也具有重要地位，其中一些著作也被译为汉语。古代印度天文学经典多以佛教经典的形式由传法僧译出。[①] 隋唐时期，天文学著作汉译逐渐出现了由非佛教徒印度天文学家主导的潮流。据《隋书》记载，印度天文著作有《婆罗门天文经》《婆罗门竭伽仙人天文说》《婆罗门天文》。[②] 瞿昙氏（Gautama）、迦叶氏（Kasyapa）和拘摩罗氏（Kumara）三个印度天文学家氏族曾先后任职于唐代天文机构太史阁，其中瞿昙氏的瞿昙悉达翻译了印度天文学经典 *Navagraha-siddhanta*，即《九执历》。[③] 此外，印度的医学、数学、艺术经典也因其实用价值通过不同渠道被介绍到中国，其中一些著作或部分或完整地被译为汉语。

5. 落幕与影响

中国古代的印度经典汉译在唐代达到巅峰，此后逐渐走向低谷，无论是数量还是质量都难以达到唐代的水平。造成这一现象的原因主要有两个方面：一方面，唐代中后期，阿拉伯帝国的崛起以及唐朝与吐蕃关系的恶化阻断了中印之间两条重要的陆路通道——西域道和吐蕃道，之后五代十国以及宋代时期，这两条通道均未能恢复，只有南海道保持畅通。[④] 另一方面，中国宗教哲学的发展和印度佛教的密教化这两种趋势决定了中国对印度佛教经典的需求逐渐下降。在近千年的历程中，佛教由一个依附于黄老信仰的外来宗教逐渐在汉地生根发芽，成为汉地宗教生活不可缺少的一部分，其作为"中国佛教"的独立性日益增强。甚至权威如玄奘，也不能将沿袭至那烂陀寺戒贤大师

---

① 例如安世高译《佛说摩邓女经》、支谦等译《摩登伽经》、竺法护译《舍头谏太子二十八宿经》等。

②《隋书·经籍志》，北京：中华书局，1982年，第1019页。

③ 参见 P.C.Bagchi, *India and China: A Thousand Years of Cultural Relations*. 1981, Calcutta, Saraswat Library, p.212. 此后，依然有传法僧翻译佛教天文学著作的记载，具体参见郭书兰：《印度与东西方古国在天文学上的相互影响》，《南亚研究》，1990年第1期，第32~39页。

④ 菩提迦耶出土的多件北宋时期前往印度朝圣的僧人所留下的碑铭证明，宋代依然有僧人前往印度朝圣，且人数不少。法国汉学家沙畹（E. Chavannes）、荷兰汉学家施古德（G. Schlegel）、印度学者师觉月（P. C. Bagchi）等国外学者在这方面均有讨论，具体参见周达甫：《改正法国汉家沙畹对印度出土汉文碑的误释》，《历史研究》，1957年第6期，第79~82页。

的"五种姓说"完全嵌入汉地佛教的信仰之中。汉地"伪经"的层出不穷也从某种角度反映了佛教的中国本土化进程。不空等人在中国传播密教虽然形成了风靡一时的"唐密",但未能持久。究其根本在于汉地佛教的发展受到本土儒家信仰的影响,很难与融合了婆罗门教信仰的佛教密宗契合。此外,本土儒家、道家也在吸纳佛教哲学的基础上有了新的变革。至宋代,三教合一的趋势逐渐显现,源自印度但已本土化的佛教与儒家、道家的融合进一步加深,致使对印度经典的诉求越来越少。由此,义理上的因素使得中国的知识分子不再追求印度佛教的哲学思想;再者,随着佛教在印度的衰落,以及中国佛教自身朝圣体系的建立和完善,前往印度朝圣也失去了意义。

古代中国对古代印度经典的汉译始于佛教,也终于佛教。尽管如此,以佛教经典为主的古代印度经典汉译已经在中国历史上烙下了深刻的印记,其影响是持久和多方面的。在这一过程中,译师们开创的汉译传统给后人翻译印度经典留下了巨大财富:

其一,汉译古代印度经典除早期借助西域地方语言外,主要翻译对象都是梵语经典,本土学者和外来学者编写了不少梵汉工具书。

其二,一套与古代印度宗教哲学术语对应的意译和音译相结合的汉译体系得以建立。由于佛教经典的流传,很多术语已经成为汉语的常用语,广为人知。

其三,除术语对应外,梵语作品译为汉语需要克服语法结构、文学体裁等方面的限制,其实践在一定程度上影响了汉语的一些表达法。[①] 如此等等都为后人继续翻译印度经典提供了便利之处。

更为重要的是,历史上重要的译师摸索出一套大规模翻译经典的方式方法,他们的努力对于后继的翻译工作来说具有很高的参考价值。经过早期的翻译实践,鸠摩罗什译经时便开始确立了译、论、证几道基本程序,并辅之以梵本、胡本对勘和汉字训诂,经总勘方

---

① 例如汉语中常见的"所＋动词"构成的被动句就可能源自对佛经的翻译。参见朱庆之《汉译佛典中的'所 V'式被动句及其来源》(载《古汉语研究》,1995 年第 1 期,第 29~31、45 页)及其他相关著述。

定稿。在后秦朝廷的支持下，鸠摩罗什建立了大规模译场，改变了以往个人翻译的工作方式，配合翻译方法上的完善，大大提高了译经的效率和质量。唐代译场规模更大，翻译实践进一步细化，后世记载的翻译职司包括译主、证义、证文、度语、笔受、缀文、参译、刊定、润文、梵呗等 10 余种之多。

此外，先人还摸索出一套翻译人才的培养模式，隋代译师彦琮曾以"八备"总结了译师需具备的一系列条件，具体内容为：

> 一诚心受法，志在益人；二将践胜场，先牢戒足；三文诠三藏，义贯五乘；四傍涉文史，工缀典词，不过鲁拙；五襟抱平恕，器量虚融，不好专执，耽于道术，淡于名利，不欲高衒；六要识梵言；七不坠彼学；八博阅苍雅，粗谙篆隶，不昧此文。[①]

这八备之中，既有对译者宗教信仰、个人品行的要求，也有对梵语、汉语表达的语言技能以及对佛教义理的知识掌握等方面的要求，今天看来，依然有很大的借鉴意义。

三、近现代中国对印度经典的汉译

佛教在印度的衰落及消亡使中印失去了最为核心的交流主题。中国对印度经典的汉译停留在以梵语为主要媒介、以佛教经典为主要对象的时代，自 11 世纪末[②] 至 20 世纪初，这一停滞状态持续了数个世纪之久。19 世纪中后期，印度士兵和商人随着欧洲殖民者的战舰再次来到中国，中印之间的交往以一种并不和谐的方式得以恢复。中印孱弱的国力和早已经深藏故纸堆的人文交往传统都不足以阻挡西方诸国强势的物质力量和文化力量，中印人文交往便在这新的格局中，借助西方列强构建起来的"全球化"体系开始复苏。

---

① 《释氏要览》卷 2，T54, no. 2127, b21-29。
② 宋神宗元丰五年（1082）废置译经院，佛教经典汉译由此不再。

由于缺乏对印度现代语言和文化的了解，早期对印度经典的译介在语言工具和主题设置两个层面均在一定程度上受制于西方的话语体系。20世纪上半叶中国对泰戈尔作品的译介便是明证。1913年，泰戈尔自己译为英语的诗集《吉檀迦利》以英语文学作品的身份获得诺贝尔文学奖，这在当时的世界文坛引起了轩然大波，对当时正在探索民族出路的中国知识分子来说同样具有很大的震撼力和吸引力。陈独秀在1915年10月15日出版的《青年杂志》上刊载了自己译自《吉檀迦利》的四首《赞歌》，为此后持续了近一个世纪并且至今依然生机勃勃的泰戈尔著作汉译工程拉开了序幕。据刘安武统计，至1949年中华人民共和国成立止，"我国翻译介绍了印度文学作品40种左右（不包括发表在报刊上的散篇）。这40种中占一半的是泰戈尔的作品"。[①] 泰戈尔在中国受到格外关注固然始于西方学术界对他的重视，但他的影响如此之大亦在于他的作品恰好满足了当时中国在文学思想领域的需求。首先，从语言文学来看，泰戈尔的主要创作语言是本土的孟加拉语，而非印度古典梵语。这引起了当时正致力于推广白话文的中国知识分子的广泛关注，并被视为白话文替代古文的成功榜样。[②] 此外，泰戈尔的文学创作，尤其他的散文诗为当时正在摸索之中的汉语诗歌提供了一个重要的参考对象。其次，从思想上来说，泰戈尔的思想与当时作为亚洲国家"先锋"的日本截然相反，为当时正在探索民族出路的中国知识分子提供了另一个标杆。于是，泰戈尔意外地成为中印之间自佛教之后的又一重大交流主题。尽管中国知识分子对其思想和实践的评价并不一致，许多学者依然扎实地以此为契机重启了中国翻译印度经典的进程。当时中国尚未建立起印度现代语言人才培养机制，因此早期对泰戈尔作

---

① 刘安武：《汉译印度文学》，《中国翻译》，1991年第6期，第44~46页。
② 胡适向青年听众强调泰戈尔对孟加拉语文学的贡献时说："泰戈尔为印度最伟大之人物，自十二岁起，即以阪格耳（孟加拉）之方言为诗，求文学革命之成功，历五十年而不改其志。今阪格耳之方言，已经泰氏之努力，而成为世界的文学，其革命的精神，实有足为吾青年取法者，故吾人对于其他方面纵不满足于泰戈尔，而于文学革命一段，亦当取法于泰戈尔。"（载《晨报》，1924年5月11日）

品的汉译多转译自英语。凭借译者深厚的文学功底，不少经典译作得以诞生，尤其是冰心、郑振铎等人翻译的泰戈尔诗歌，时至今日依然在中国广为流传。

与泰戈尔一同被引介到中国的还有诸多印度民间故事文学作品。[①]如前文所述，古代翻译印度经典时就有不少印度民间故事被介绍到中国，但多以佛教经典为载体。[②]近现代以来，印度民间文学以非宗教作品的形式被重新介绍过来。这在很大程度上是因为"中国缺少创作儿童文学的传统"[③]，印度丰富的民间文学正好满足了中国读者的需求。与此同时，印度民间文学与中国文学之间的关系也日益进入中国学者的视野，"中印文学比较研究"这一新的研究领域开始初露端倪。其研究领域最广为人知的课题之一便是《西游记》中孙悟空形象与《罗摩衍那》中哈奴曼形象的渊源。当时许多新文化运动的大家都参与其中，鲁迅、叶德均认为孙悟空形象源于本土神话形象"无支祁"，胡适、陈寅恪、郑振铎则认为孙悟空形象源于哈奴曼。[④]

自西方语言转译印度经典的尝试为增进对印度的认知、重燃中国知识界和民众对印度文化的兴趣起到了积极作用，许多掌握西方语言的汉语作家投身其中，其翻译作品受到读者喜爱。然而，转译的不足也显而易见，因此，对印度经典的系统汉译需要建立一支如古代梵汉翻译团队一样的专业人才队伍。

1942年，出于抗战需要，民国政府在云南呈贡建立了国立东方语文专科学校，设有印度语科，开始培养现代印度语言人才。1946年，季羡林自德国学成回国，在北京大学创设东语系；1948年，金克木加盟东语系。1949年，国立东方语文专科学校并入北京大学东

---

① 参见刘安武：《汉译印度文学》，《中国翻译》，1991年第6期，第44~46页。
② 参见薛克翘：《中国印度文化交流史》，北京：昆仑出版社，2008年，第261~265页。
③ 刘安武：《汉译印度文学》，《中国翻译》，1991年第6期，第44~46页。
④ 参见鲁迅：《中国小说史略》，《鲁迅全集》第9卷，北京：人民文学出版社，1981年；鲁迅：《中国小说的历史的变迁》，《鲁迅全集》第9卷，北京：人民文学出版社，1981年；胡适：《〈西游记〉考证》，《胡适文存》第2集第4卷，上海：亚东图书馆，1924年；陈寅恪：《〈西游记〉玄奘弟子故事之演变》，《金明馆丛稿二编》，上海：上海古籍出版社，1982年；郑振铎《〈西游记〉的演化》，《郑振铎全集》第4卷，石家庄：花山文艺出版社，1998年；叶德均：《无支祁传说考》，《戏曲小说丛考》，北京：中华书局，1999年。

语系。东语系开设梵语－巴利语、印地语、乌尔都语三科印度语言专业，并很快培养出第二代印度语言专业队伍。随之，印度经典得以从原文翻译。第一代学者季羡林、金克木领衔的梵语团队翻译了印度大史诗《罗摩衍那》及以迦梨陀娑为代表的印度古典梵语文学作家的许多作品，如《沙恭达罗》《优哩婆湿》《云使》《伐致呵利三百咏》等，并启动了《摩诃婆罗多》等经典作品的翻译；旅居印度的徐梵澄翻译了《五十奥义书》①及奥罗宾多创作、注释的诸多哲学著作。季羡林、金克木的弟子黄宝生等延续师尊开创的传统，完成了《摩诃婆罗多》、奥义书②、《摩奴法论》、古典梵语文论、故事文学作品等一系列著作的翻译。与此同时，由第二代学者刘安武领衔的近现代印度语言团队译介了大量的印地语、乌尔都语、孟加拉语等语言的文学作品，其中尤以对印地语／乌尔都语作家普列姆昌德和孟加拉语作家泰戈尔的作品的汉译最为突出。③殷洪元对印度现代语言语法著作的翻译以及金鼎汉对中世纪印度教经典《罗摩功行之湖》的翻译也开拓了新的领域。巫白慧等学者陆续将包括"吠檀多"在内的诸多婆罗门教哲学经典译为汉语。④文献资料是学术研究的基础，这一系列经典汉译成果打破了古代中国对古代印度经典汉译中存在的"佛教主导"的局限，增加了现代视角，并以经典文献为契机，首次较为全面系统地介绍了印度文明，奠定了现代中国印度学研究的基础。由这两代学者编订的《印度古代文学史》《梵语文学史》和

---

① 参见徐梵澄译：《五十奥义书》，北京：中国社会科学出版社，1995 年。
② 参见黄宝生译：《奥义书》，北京：商务印书馆，2010 年。
③ 刘安武自印地语译出的普列姆昌德作品（集）有《新婚》（贵阳：贵州人民出版社，1982 年）、《如意树》（上海：上海译文出版社，1983 年）、《普列姆昌德短篇小说选》（北京：人民文学出版社，1984 年）、《割草的女人：普列姆昌德短篇小说新集》（长沙：湖南人民出版社，1985 年）等，加之其他学者的译介，普列姆昌德的重要作品几乎全被译为汉语。此后，刘安武又主持编译出版了 24 卷本《泰戈尔全集》（石家庄：河北教育出版社，2000 年），泰戈尔的主要作品均被收录其中。
④ 其中重要的译著成果包括巫白慧译《圣教论》（乔荼波陀著，北京：商务印书馆，1999 年）、姚卫群译《古印度六派哲学经典》（节译六派哲学经典，北京：商务印书馆，2003 年）、孙晶译《示教千则》（商羯罗著，北京：商务印书馆，2012 年）等。

《印度印地语文学史》等著作成为中国现代印度学研究的必读文献。^①

由于印度文化的独特之处及其在历史上形成的巨大影响力，以现代学术研究的方式开展的印度经典汉译所产生的影响进一步辐射了包括语言、文学、哲学、历史、考古等多个学科领域，并形成了一些跨学科研究领域：

其一，中印文化比较研究。由胡适等老一辈学者开创的中印文学比较研究取得了新的进展，其中一部分研究形成了中印文化交流史这一新的学术研究领域；另一部分研究成为东方文学研究领域最重要的组成部分，东南亚、西亚等区域文学研究也受益于印度文学研究的开展和所取得的成就。此外，从具体作品到文艺理论的印度文学译介也从整体上进一步拓展了比较文学研究的视野。

其二，佛教研究。现代中国对印度经典汉译的范围不再局限于传统的汉语系佛教传统经典，在许多领域都取得了新的突破。在佛教文献来源方面，开拓了对巴利语系和藏语系佛教的研究。^② 由于梵语人才的培养，中国学者得以恢复梵汉对勘的学术传统。^③ 对非佛教宗教思想典籍的译介也使得对佛教的认识跳出了佛教自身的范畴，对其与其他宗教思想之间的互动与联系有了更加全面的认识。

其三，语言学研究。对梵语及相关语言的研究推动了梵汉对音，以及对古汉语句法的研究。一些接受了梵语教育的汉语言学学者结合古代语料，尤其是汉译佛经，对古汉语的语音、句法等做出研究。

---

① 单就印度文学翻译而言，据不完全统计，1950—2005 年，中国翻译印度文学作品（以书计）约 400 余种，其中中印关系交好的 1950—1962 年约有 70 种，关系不好的 1962—1976 年仅有 4 种，关系改善后的 1976—2005 年则有 300 余种。不过，2005 年之后，除黄宝生、薛克翘等少数学者仍笔耕不辍外，其他前辈学人逐渐"离席"，这类汉译工作进入某种冬眠期。

② 相关成果包括郭良鋆译《佛本生故事选》（与黄宝生合译，北京：人民文学出版社，1985 年）、《经集：巴利语佛教经典》（北京：中国社会科学出版社，1998 年），以及段晴等译《汉译巴利三藏·经藏·长部》（上海：中西书局，2012 年）等。

③ 自 2010 年以来，黄宝生主持对勘出版了《入菩提行论》（北京：中国社会科学出版社，2011 年）、《入楞伽经》（北京：中国社会科学出版社，2011 年）、《维摩诘经》（北京：中国社会科学出版社，2011 年）等佛经的梵汉对勘本，叶少勇以梵藏汉三语对勘出版了《中论颂》（上海：中西书局，2011 年）。

四、现状和汉译例解

尽管取得了上述成就，但由于印度文明积累深厚、经典众多，目前亟待翻译的印度经典还有很多。其中，以梵语创作的经典包括四部吠陀本集、梵书、森林书、往世书、《诃利世系》《利论》《牧童歌》等；以南印度语言创作的经典包括桑伽姆文学、《脚镯记》《玛妮梅格莱》《大往世书》《甘班罗摩衍那》等；以波罗克利特语创作的经典包括《波摩传》等；以中世纪北印度地方语言创作的经典包括《地王颂》《赫米尔王颂》《阿底·格兰特》《苏尔诗海》《莲花公主》，以及格比尔、米拉巴伊等人的作品等；以现代印度语言创作的经典包括帕勒登杜、杰辛格尔·普拉萨德、般吉姆·钱德拉·查特吉、萨拉特·钱德拉·查特吉、拉默金德尔·修格尔、默哈德维·沃尔马、阿格叶耶等著名现当代文学家的作品以及迦姆达普拉沙德·古鲁、提兰德尔·沃尔马等人的语言学著作等。此外，20 世纪以来，一些印度思想家、政治家、文学家以英语创作的作品也可列入印度现代经典之列，目前中国仅对圣雄甘地、贾瓦哈拉尔·尼赫鲁、辨喜、纳拉扬、安纳德、拉贾·拉奥、奈都夫人等人的个别作品有所译介，大量作品仍然处于有待翻译的名单之中。

这些经典汉译的背后离不开相关学者的努力。进入 21 世纪以来，中国大致有两支队伍从事印度经典汉译工作。第一支是自 20 世纪四五十年代以来成型的印度语言专业队伍，其人员构成以高等院校和研究机构从业人员为主，兼有相关外事机构从业人员，他们均接受过系统、专业的印度语言训练。第二支是 20 世纪初译介包括泰戈尔作品在内的印度文学作品的作家和出版业者，80 年代改革开放以来，越来越多接受过英语教育的人或全职或兼职地参与到印度作品的汉译工作之中。相比第一支队伍，这支队伍的人员构成较为复杂，水平也参差不齐，但在市场经济的推动下，一些能够成为市场热点的著作往往很快就翻译过来，例如两位与印度相关的诺贝尔文学奖得主——泰戈尔和奈保尔的作品一版再版，四位印度裔布克奖得主——萨尔曼·拉什迪、阿兰达蒂·罗伊、基兰·德塞、阿拉文德·阿迪加的作品也先后译出；此外，由于瑜伽的普及，包括克里希那穆提在内的一些现代宗教家的论著也借由英语转译为汉语。一方面，随着市场化改革的需求，第二支队伍日益蓬勃发展，但其翻译质量往往难以保障。另一方面，由于现行科研体制对从事翻译和研究的人员不利，第一支队伍也面临着诸多问题。如何在接下来的实践中取长补短，或者说既要尊重市场机制的要求，又要以学术传统克服市场失灵的状况，这也是需要进一步思考的问题。

应该说，印度经典汉译主要依靠第一支队伍，原文经典翻译比通过其他语言转译更为重要。20世纪80年代以来，这支队伍勤勤恳恳，笔耕不辍，为印度经典汉译做出了巨大贡献，取得了丰硕成果。然而，就现状看，除黄宝生、薛克翘等极少数学人外，这支队伍的第一代和第二代学人已然"离席"，后辈学人虽然已经加入进来，但毕竟年轻，经验不足，加之现行科研体制自身问题的牵制，后续汉译工作亟需动力。好在已有些年轻人在这方面产生了兴趣，其汉译意识很强，对印度梵文原典和中世纪及现当代原典的汉译工作的理解也令人刮目。可以预见，印度经典汉译将会迎来又一个高潮，汉译印度经典的水平也将有新的提升。

从某种角度说，在前文罗列的种种有待翻译的印度经典中，印度中世纪经典尤为重要。中世纪时，随着传统婆罗门教开始融合包括佛教、耆那教等在内的异端信仰与民间的大众化宗教传统，加之伊斯兰教的进入，印度进入了一个新的"百家争鸣"时代。这一时期留下了许多经典之作，它们对后世印度的宗教、社会、文化均产生了重要影响。长期以来，中国对印度中世纪经典的译介几乎一片空白，仅有一部《罗摩功行之湖》和零星的介绍。近年来，笔者组织团队着手翻译印度中世纪经典《苏尔诗海》，并初步总结了以下心得：

第一，经典汉译并非简单的语言转换，除需要精通相关语言外，还需要译者具备与印度文化相关的背景知识，以便能够精准地理解原文含义。例如，在一首描写女子优雅体态的艳情诗中，作者直接以隐喻的修辞手法描述了包括莲花、大象、狮子、湖泊等在内的一系列自然景象和动植物，若不熟悉印度古代文学中一些固定的比喻意象，则很难把握这首诗的含义。①由于审美标准不同，被古代印度诗人视为美丽的"象腿"在当今语境中已经成为足以令女子不悦的比喻。此类审美视角需要辅之以例如《沙恭达罗》中豆扇陀国王对沙恭达罗丰乳肥臀之态的称赞才能理解。

第二，古代中国对古代印度经典汉译的传统在很大程度上为现代翻译经典提供了以资借鉴的便利，譬如许多专有词在汉语中已有完全对应的词可供选择，省去了译者的诸多麻烦。但是，这也要求译者了解相关传统，并能将其中的一些内容为己所用；同时，还应避免由于古代中国对古代印度经典翻译在视角、理解上的偏差所带来的问题。例如，triguna 这一数论哲学的基本概念已由真谛在《金七十论》中译为"三德"，后来的《薄伽梵歌》等哲学经典的汉译也已沿用，新译经典中便不宜音译为"三古纳"之类的新词。此外，由于受佛教信仰的影响，一些读者在看到"三德"时往往容易将之与佛教中所说的法身德、般若德、解脱德等其他概念联系起来，对此需要给出注释加以说明以免误解。

第三，现代中国对现代印度经典的汉译虽然已经取得了不俗的成绩，但由于时间、人员等条件的限制，在翻译体例、内容理解等方面依然存在不少可改进之处。

笔者以《苏尔诗海》中黑天的名号为例予以说明。黑天是印度教大神毗湿奴最重要的化身之一，梵语经典中通常称之为 Krsna，字面义为"黑"，汉语之所以译为"黑天"，很可能是因为汉译佛经将婆罗门教诸神（deva）译为"天"，固在 Krsna 的汉语译名"黑"之后加上了"天"，大约与 Brahma 被译为"梵天"、Indra 被译为"帝释天"，以及 Sri 被译为"吉祥天"等相当。后世对相关经典文献的介绍都沿用了这一名称。然而，若实际对照各类经典，可以发

---

① 参见姜景奎等：《〈苏尔诗海〉六首译赏》，载《北大南亚东南亚研究》（第一卷），北京：中国青年出版社，2013 年，第 261~262 页。

现毗湿奴名号繁多。①中世纪印度语言继承并发扬了这一传统，在伯勒杰语《苏尔诗海》中，黑天的名号有数十种之多，其中仅字面义为"黑"的常见名号就有四个，分别是 Krsna、Syama、Kanha、Kanhaiya。这四个名号之中只有 Krsna 是标准的梵语词，且使用最少，只用于黑天摄政马图拉之后人们对他的尊称；其他三个均为伯勒杰语词，多用于父母家人、玩伴女友对童年和少年黑天的称呼。因此，汉译中如果仅使用天神意义的"黑天"一名就违背了《苏尔诗海》所描述的黑天的成长情境。为此，结合不同名号的使用情况以及北印度农村生活的实际情况，笔者重新翻译了其他三个名号，即将多用于牧女和同伴对少年黑天称呼的 Syama 译为"黑子"，多用于父母和其他长辈对童年黑天称呼的 Kanha 和 Kanhaiya 分别译为"黑黑"和"黑儿"。此外，还有一些名号或表明黑天世俗身份，或描述黑天体态，或宣扬黑天神迹，笔者也重新进行了翻译，例如：nanda-namdana"难陀子"、madhava"摩图裔"等称呼说明了黑天的家族、家庭身份，kesau"美发者"、srimukha"妙口"等以黑天身体的某一部分代指黑天，giridhara"托山者"、manamohana"迷心者"等以黑天在其神迹故事中的表现代指黑天，等等。

结合以上几方面的思考，《苏尔诗海》汉译实际上兼具深入而系统的研究性质，包括四部分。第一，校对后的原文。到目前为止，印度出版了多个《苏尔诗海》版本，各版本虽大同小异，但仍有差异，笔者团队搜集到影响较大的几个主要版本，并进行核对比较，最后确定一种相对科学的原文进行翻译研究。第二，对译。从经典性和文献性出发，尽可能忠实于原文，在体例选择上尽量保持诗词的形态，在内容上尽量逐字对应，特殊情况则以注释说明。第三，释译。从文献性和思想性出发，尽可能客观地阐明原文所表现的文献内容和宗教思想。该部分为散文体，其中补充了原文省略的内容并清楚地展现出情节的发展、人物的心理变化以及作品的思想内涵。

---

① 参见葛维钧：《毗湿奴及其一千名号》（载《南亚研究》，2005 年第 1 期，第 48~53 页）及相关著述。

第四，注释。给出有关字词及行文的一些背景知识，例如神话传说故事、民间信仰、生活习俗、哲学思想等，以及翻译中需要说明的其他问题。

试以下述例解说明：

【原文】略①

【对译】

此众得乐自彼时

听闻诃利②你之信，当时即刻便昏厥。

自隐蔽处蛇③出现，欣喜尽情吸空气。

鹿④心本已忘奔跃，复又撒开四蹄跑。

群鸟大会高高坐，鹦鹉⑤言称林中王。

杜鹃⑥偕同自家族，咕咕欢呼唱庆歌。

自山洞中狮子⑦出，尾巴翘到头顶上。

自密林中象王⑧来，周身上下傲慢增。

如若想要施救治，莫亨⑨现今别耽搁。

苏尔言，

如若罗陀⑩再这般，一众敌人大欢喜。

【释译】

黑天离开牛村很久了，养父难陀、养母耶雪达以及全村的牧人牧女都非常思念他，希望他能回来看看。牧女们对黑天的思念尤为强烈，其中又以罗陀最甚。罗陀是黑天的恋人，两人青梅竹马，两

---

① 由于原文字体涉及较为复杂的排版问题，这里仅呈现该首诗的对译、释译和注释三部分，原文略。本诗为《苏尔诗海》（天城体推广协会版本）第4 760首，参见 Dhirendra Varma, *Sursagar Sara Satika*, Sahitya Bhavan Private Ltd., 1986, No. 181, p.334.

② 诃利，原文 Hari，"大神"之义，黑天的名号之一。

③ 此处以蛇代指罗陀的发辫，意在形容发辫柔软纤长、乌黑发亮。

④ 此处以鹿的眼睛代指罗陀的眼睛，意在形容眼睛大而有神、灵动美丽。

⑤ 此处以鹦鹉的鼻子代指罗陀的鼻子，意在形容鼻子又挺又尖、美妙可爱。

⑥ 此处以杜鹃的声音代指罗陀的声音，意在形容声音甜美悠扬、清脆嘹亮。

⑦ 此处以狮子的腰代指罗陀的腰，意在形容腰身纤细柔顺、婀娜灵活。

⑧ 此处以大象的腿代指罗陀的腿，意在形容腿脚步态从容、端庄稳重。

⑨ 莫亨（原文 mohana），黑天的名号之一。

⑩ 罗陀（原文 Radha），黑天最主要的恋人。

小无猜，曾经你欢我爱，形影不离。可是，黑天自离开后就再也没有回来过，甚至连信也没有寄过一封。伤离别，罗陀时刻处于煎熬中。为了教育信奉无形瑜伽之道的乌陀，也为了看望牧区故人，黑天派乌陀来到牛村，表面上让他传授无形瑜伽之道，实则置他于崇尚有形之道的牛村人中间，让他迷途知返。乌陀的到来，打乱了牛村人的生活。一者，牛村人沉浸在思念黑天的离情别绪之中，乌陀破坏了气氛，于表面的宁静之中注入了不宁静。二者，牛村人本以为乌陀会带来黑天给予牛村的好消息，但适得其反，乌陀申明自己是为传授无形的瑜伽之道而来，甚至说是黑天派他来传授的，牛村人对此不解、迷茫。他们崇尚有形，膜拜黑天，难道黑天完全抛弃了他们？他们陷入了更深一层的痛苦之中。三者，对牧区女来说，与黑天离别本就艰难，但心中一直抱有再次见面再次恋爱的期望，乌陀的到来打消了她们的念头，从精神上摧毁了她们。其中，罗陀尤甚，她所遭受的打击要比别人更甚。由此，出现了本诗开头提及的罗陀晕厥以及晕厥之后乌陀"看到"的情况，具体内容是乌陀向黑天口述的：

乌陀对黑天说道："黑天啊，你的恋人罗陀非常思念你，她忍受离别之苦，渴望与你相见。可是，你却让我去向她传授无形的瑜伽之道。唉，她一听到是你让我去的，当即就昏了过去，倒在地上，不省人事。唉，真是凄凉啊！这边罗陀昏迷不醒，那边动物界却出现了一派喜气景象：黑蛇从洞里出来了，它高兴地尽情享受空气；此前，罗陀的又黑又亮的长发辫曾使它羞于见人，认为自己形体丑陋，不得不躲藏起来。已经忘记奔跑的小鹿出来了，它撒开四蹄，愉悦地到处奔跳；此前，罗陀那明亮有神的大眼睛曾使它羞于见人，认为自己的眼睛丑陋，不敢出来乱逛。鹦鹉出来了，它参加群鸟大会，坐在高高的枝丫上，声称自己是林中之王；此前，罗陀又尖又挺的鼻子曾使它羞于见人，认为自己的鼻子丑陋，躲藏起来。杜鹃鸟出来了，它和同族一起，咕咕叫个不停，欢庆胜利；此前，罗陀那甜美悠扬的声音曾使它感到拘束，认为自己的声音难听，不敢开口。狮子从山洞中出来了，他得意扬扬，悠闲自在，尾巴翘到了头顶上；此前，罗陀纤细柔软的腰肢曾使它羞于见人，认为自己的腰肢粗笨僵硬，不敢示人，躲进山洞。大象从茂密的森林里出来了，它一步一昂头，傲慢自大，目中无人，盛气凛然；此前，罗陀稳重美丽的妙腿曾使它自惭形秽，认为自己的腿丑陋不堪，羞于展露，躲进森林。唉，黑天啊，你快救救罗陀吧，如果再不行动，稍后想要施救就来不及了……"

"此众得乐自彼时"是本诗的标题，意思是罗陀晕倒之时，即是众动物高兴之时。它们羞于与罗陀相比，虽然视罗陀为敌，却不敢直面罗陀，纷纷逃遁躲藏。听说罗陀遭到黑天抛弃，晕厥不醒，它们自然高兴，便迫不及待地恢复了原来的自由生活。"如若罗陀再这般，一众敌人大欢喜"，是诗外音，是苏尔达斯的总结性话语。在这首诗里，苏尔达斯主要展现了罗陀的美，但整首诗中没有出现任何对罗陀的溢美之词，没有提到罗陀的名字，更没有提到她的发辫、眼睛、鼻子、声音、腰肢和腿等，甚至没有提到蛇、鹿、鹦鹉、杜鹃鸟、狮子和大象的相关部位，仅以这些动物对罗陀晕厥不醒后的反应进行阐释，这就给听者和读者留下了巨大的想象空间，似形似景，情景交融。这种手法似乎是印度特有的，其审美视角值得深入研究。

上述例解仅为笔者及笔者团队对于印度中世纪经典汉译的一己之见，希望能开拓印度经典汉译与研究的新视角、新路子，以期印度经典在中国能得到更为深入系统的翻译与研究。

五、中印经典及当代作品互译出版项目

2013 年初，笔者与时任中国大百科全书出版社社长龚莉女士、副总编辑马汝军先生和社科分社社长滕振微先生合作，提出了"中印经典和当代作品互译出版项目"的动议。该动议得到相关单位的

积极回应。2013 年 5 月李克强总理访印期间，国家新闻出版广电总局和印度外交部签署合作文件，决定启动"中印经典和当代作品互译出版项目"，并写入两国发表的联合声明（第 17 条）。2014 年 9 月，习近平主席访问印度，该项目再次被写入两国发表的联合声明（第 11 条）。该项目成为中印两国的重大文化交流项目之一。双方商定，双方各翻译对方的 25 种图书，以 5 年为期。2016 年 5 月，国家新闻出版广电总局印发"关于实施《"十三五"国家重点图书、音像、电子出版物出版规划》的通知"，该项目被列入"'十三五'国家重点图书出版规划"。在此期间，笔者与薛克翘先生商量组织翻译团队事宜。我们掰着指头算，资深的老辈学人几乎都不能相扰，后辈学人又大多刚刚走上工作岗位，有的还在求学，翻译资质存疑。我俩怎一个愁字了得！然，事情得做，学人得培养。我们决定抓住机遇，大胆启用后辈学人，为国家培养出一支新的汉译团队。因此，除薛克翘、刘建、邓兵等少数几位前辈学人外，我们的翻译成员绝大多数在 40 岁左右，有的还不过 30 岁。两三年的实践证明，我们的决定完全正确。新生代学人知识全面，学习能力强，执行能力更强。从已完成待出版的成果看，薛克翘先生对审读过的一本书的评价最能说明问题："字里行间，均见功夫。"译文质量是本项目的重中之重。除薛克翘、刘建和笔者外，我们邀请了黎跃进教授、石海军研究员和邓兵教授作为特约编审，约请了尼赫鲁大学的狄伯杰（B. R. Deepak）教授以及德里大学的阿妮达·夏尔马（Anita Sharma）教授和苏林达尔·古马尔（Surinder Kumar）先生作为印方顾问，对译文质量进行全面把关。译者完成翻译后，译稿首先交予编审审校，如遇大问题时向印方顾问咨询，之后返予译者修改。如有必要，修改稿还需经过编审二次审校，译者再次修改。这以后，稿件才会交予出版社编辑进行审读，发现问题再行修改……我们认为，唯如此，译文质量才能得到保障，译者团队才能得到锻炼。

本项目是中印两国的重大文化交流项目之一。因此，印度方面也有相应团队，负责汉译印的工作，由上文提及的狄伯杰教授领衔，由印度国家图书托拉斯负责实施。需要指出的是，双方翻译的作品并非译者自选，而是由双方专家通过充分沟通磋商确定。汉译作品的选定过程是这样的，笔者先拟定了50多种印度图书，这些书抑或是中世纪以来有重要影响的经典巨著，比如《苏尔诗海》《格比尔双行诗集》和《献牛》等，抑或是印度独立以后获得过印度国家级奖项的作家之名作，如默哈德维·沃尔马、毗什摩·萨赫尼、古勒扎尔的代表作等。而后，笔者请相熟的印度学者从中圈定出30种。之后，国家新闻出版广电总局的相关领导、中国大百科全书出版社的龚莉社长和滕振微先生以及笔者本人专赴印度，与印方专家组进行面对面的交流探讨，最终确定了25种汉译印度图书名录。印度团队的印译中国图书名录的选定过程与此类似。具体的汉译书单如下表：

序号	书名	作者	备注
1	苏尔诗海 *Sursagar*	苏尔达斯 Surdas	诗歌
2	格比尔双行诗集 *Kabir Dohavali*	格比尔达斯 Kabirdas	诗歌
3	献牛 *Godan*	普列姆昌德 Premchand	长篇小说
4	帕勒登杜戏剧 *Bharatendu Natakavali*	帕勒登杜 Bharatendu	戏剧
5	普拉萨德作品集 *Prasad Rachna Sanchayan*	杰辛格尔·普拉萨德 Jaishankar Prasad	戏剧、诗歌、短篇小说
6	鹿眼女 *Mriganayani*	沃林达温拉尔·沃尔马 Vrindavanalal Verma	长篇小说
7	献灯 *Deepdan*	拉默古马尔·沃尔马 Ramkumar Verma	独幕剧
8	灯焰 *Dipshikha*	默哈德维·沃尔马 Mahadevi Verma	诗歌
9	谢克尔传 *Shekhar: Ek Jeevani*	阿格叶耶 Ajneya	长篇小说
10	黑暗 *Tamas*	毗什摩·萨赫尼 Bhisham Sahni	长篇小说
11	肮脏的边区 *Maila Anchal*	帕尼什瓦尔·那特·雷奴 Phanishwar Nath Renu	长篇小说
12	幽闭的黑屋 *Andhere Band Kamare*	莫亨·拉盖什 Mohan Rakesh	长篇小说

序号	书名	作者	备注
13	宫廷曲调 *Raag Darbari*	室利拉尔·修格勒 Shrilal Shukla	长篇小说
14	鸟 *Parinde*	尼尔莫勒·沃尔马 Nirmal Verma	短篇小说
15	班迪 *Aapka Banti*	曼奴·彭达利 Mannu Bhandari	长篇小说
16	一街五十七巷 *Ek Sadak Sattavan Galiyan*	格姆雷什瓦尔 Kamleshwar	长篇小说
17	被抵押的罗库 *Rehan par Ragghu*	加西纳特·辛格 Kashinath Singh	长篇小说
18	印度与中国 *India and China*	师觉月 P. C. Bagchi	学术著作
19	向导 *Guide*	纳拉扬 R. K. Narayan	长篇小说
20	烟 *Dhuan*	古勒扎尔 Gulzar	短篇小说、诗歌
21	那时候 *Sei Samaya*	苏尼尔·贡戈巴泰 Sunil Gangopadhyaya	长篇小说
22	一个婆罗门的葬礼 *Samskara*	阿南特穆尔蒂 U. R. Ananthamurthy	短篇小说
23	芥民 *Chemmeen*	比莱 T. S. Pillai	长篇小说
24	印地语文学史 *Hindi Sahitya ka Itihas*	罗摩金德尔·修格勒 Ramchandra Shukla	学术著作
25	棋王奇着 *The Chessmaster and His Moves*	拉贾·拉奥 Raja Rao	长篇小说

毫无疑问，这些作品均是印度中世纪以后的经典之作，基本上代表了印度现当代文学水准，尤其反映出印地语文学的概貌。我们以为，通过这些文字，中国读者可以大体了解印度现当代文学的基本情况。

就本项目而言，笔者在这里需要表达由衷谢意：

首先，感谢原国家新闻出版广电总局的相关领导，没有他们的认可，本项目不可能正式立项。其次，感谢中国大百科全书的前社长龚莉女士、前副总编辑马汝军先生和前社科分社社长滕振微先生，没有他们的奔走，本项目不可能成立。再次，感谢中国大百科全书出版社社长刘国辉先生及诸位编辑大德，没有他们的付出，本项目不可能实施。感谢另两位主编薛克翘先生和刘建先生，两位前辈不仅担当主编、审校工作，还是主要译者；他们是榜样，也是力量。十分感谢黎跃进和邓兵两位教授，两位是特邀编审，邓兵教授也是译者，他们认真负责的精神令人起敬。感谢印度尼赫鲁大学的狄伯杰教授以及德里大学的阿妮达·夏尔马教授和苏林达尔·古马尔先生，他们的付出为本项目的实施提供了某种保障。特别感谢石海军研究员，他是特邀编审之一，可惜天不假年，他于2017年5月13日凌晨突然辞世，享年仅55岁，天地恸哭，是中国印度文学研究的一大损失！最后，感谢翻译团队的诸位译者，他们是新时代的精英，是中国印度研究领域的后起之秀，他们的成就由读者面前的文字可见一斑。

祝福诸位，祝福所有为本项目的立项和实施有所付出的先生大德们！

自《浮屠经》以来，汉译印度经典已有两千多年的历史。这一人类历史上少有的浩大文化工程背后既有对科学技术的追求，也有对宗教信仰的热忱；既有统治者的意志，也有普通民众的需求。印度经典汉译一方面极大地丰富了中华文化，另一方面也保存和传播了印度文化；既形成了自己的学术传统，又推动了许多相关领域研究的发展。时至今日，在中印关系具有特殊意义的大背景下，继续推进对印度经典的汉译在两国关系层面有助于加深两国之间的认知和了解，构建更为均衡、更为深厚的国际关系，在学术研究层面也有助于推动相关领域研究的继续发展。

姜景奎

北京燕尚园

2017 年 12 月 31 日

2019 年 12 月 25 日修订

译者前言

一、关于普拉萨德

普拉萨德全名杰辛格尔·普拉萨德，1890 年 1 月 30 日出生于印度北方邦贝拿勒斯市一个烟草商家庭。1937 年 1 月 14 日病逝。一生主要从事写作和经商。幼年时家境很好，父亲曾为他延师家教，并带他游历过印度的一些地方。但在他 12 岁时，他的父亲去世，家境急转直下。两年后，母亲去世了，17 岁时，哥哥也去世了，此后，他不得不承担起养家糊口的责任。然而，在生活的重压之下，他仍然坚持自学和写作。

在印度印地语文学史上，普拉萨德被认为是与著名小说家普列姆昌德（Premchand）齐名的重要作家。这不仅因为他们二人是同时代人，更因为他们在当时都是印度印地语文坛上卓有影响的人物。而且，据说他们俩有过交往，相互友善，彼此欣赏。但由于普拉萨德的作品更传统一些，缺乏鲜明激烈的进步倾向，与中国读者的审美情趣有一定差距，所以他的作品（除了个别的短篇小说）几乎没有在中国翻译出版过，也就不为中国广大读者所熟悉，而仅有少数的业内人士予以阅读和研究。

其实，普拉萨德具有多方面的写作才能和创作成就，在他较短的一生中，主要创作有8个诗集（包括一部长诗）、13种戏剧、3部长篇小说（其中一部未完成）、70篇短篇小说（分收于5个集子）和一部文艺论集（共收有8篇文章）。也就是说，他在小说方面的成就虽然不及普列姆昌德，但他在戏剧和诗歌方面的成就在当时是数一数二的，而普列姆昌德则不从事这两方面的创作。

普拉萨德的主要成就在诗歌方面。而且，他是印度"阴影主义"诗歌流派的开创者之一，位居"阴影主义"四大诗人的第一位。关于其早期作品，学界众说纷纭，很难确定一些诗作的发表时间和先后顺序，但对于其中后期的作品，学界的认识基本一致。一般认为，他的8个诗集是：《画布》，出版于1910年；《爱的行旅》，出版于1914年；《野花》，出版于1917年，收有1906年至1917年间所作的短诗；《王公的伟大》，出版于1918年；《山泉》，出版于1918年，修订重版于1927年；《眼泪》，出版于1925年，修订重版于1931年；《水波》，出版于1933年；《迦马耶尼》，出版于1935年。

《眼泪》被认为是诗人的成名作，刘安武先生对它评论说："包括了一百九十首四行诗，虽然没有一个故事或情节的线索，没有必然的连贯性，每首几乎都可以独立出来，但因为感情是前后一贯的，都是抒发对爱情的回忆、失望和痛苦，实际上可以说是一篇叙述离愁别恨的抒情长诗。诗人回忆和情人团聚时的欢乐、美好和幸福，对比现在心头的苦闷、悲哀和惆怅，于是形成点点泪珠。"[1]本书节译了其中开头的19首。其中，第十九首是诗集中最有名、最为评论界

---

[1] 刘安武：《印度印地语文学史》，北京：人民文学出版社，1987年版，第307页。

津津乐道的一首。

《水波》中共收有 33 首诗，前 29 首都是较短的无题诗（通常的版本均以首句为题），后 4 首为较长的有题诗。不管有题无题，都是抒情诗。抒发的是诗人对自然界和人生美好事物的热爱之情，以及表达对历史人物和历史事件的深刻思考。本书译出了全部 33 首诗。其中，有两首无题诗与佛教有密切关系，第三十首《阿育王的苦闷》也与佛教有关。这使我们想到，佛教虽然在 13 世纪初就在印度本土消失了，但佛教的思想并未消失，它已融化在印度文化的血液中，影响着后世的人们。

《眼泪》和《水波》都是诗人后期的作品，都被评论界认为是"阴影主义"流派的代表作。

二、关于《迦马耶尼》

这里要重点介绍的是普拉萨德的长诗《迦马耶尼》。

这部长诗的旧版本一般排列为 3700 余行，有长行也有短行，而几个新版本却往往全排为密密麻麻的长行，共 2700 余行。但不管怎样，这都是现代印地语诗歌中一部规模很大的诗作，被称作"大诗"（mahakavya）。所谓"大诗"，一般需要具备这样几个要素：（1）既要有连贯性又要分章；（2）主人公须是天神、国王等正面人物；（3）根据传统诗学的"味论"，至少要突出"英雄味"、"平静味"和"艳情味"中的一种；（4）要有内在的关联和在不同的部分中表现出各种"味"；（5）要有对自然景色的描写；（6）要反映人生的各个侧面，等等。因此，在古代的印度文学作品中，能够称得上大诗的诗歌作品为数很少。而在现代，这种作品就更少了。有学者认为，《迦马耶尼》是印度"这个时代大诗的代表"①。

（一）总体评价

《迦马耶尼》问世之初，即引起印度文学界的高度重视，不久即被翻译成英文、俄文及印度其他语言广泛传播。至20世纪50年代，印度的许多大学都把它列为文学系学生的必读书，有的篇章被定为精读课文，还曾被改编成歌舞剧在加尔各答等大城市演出。至今，《迦马耶尼》被一印再印，评论界的各种赞誉仍然不断。有学者说，它是"阴影主义诗歌的代表"②，是"现代印地语文学中最伟大的创作"③，"永远也不会陈旧"④；也有人将它与歌德的《浮士德》相提并论⑤。种种评说，虽然角度不同，也难免溢美之论，但《迦马耶尼》被列为印地语文学史上的一部伟大作品，却是众口一词。它的出现，具有里程碑的意义，的确是阴影主义诗歌成熟期的一个代表。

《迦马耶尼》是一部叙事诗，它讲述了一个完整的故事，有缘起，有发展变化，最后圆满结局。《迦马耶尼》又是一部哲理诗，是诗人哲学思想的艺术体现，同时也是印度近现代哲学思潮的一个反映。《迦马耶尼》又是一部抒情诗，诗人运用了象征的手法，借景抒情，借事抒情，充分展示了诗人的内心世界。可以说，全诗叙事、说理和抒情兼容并蓄，内容丰富。下面，我们就根据这三方面内容对《迦马耶尼》先做情节介绍，再做哲理分析，最后做艺术鉴赏。

---

① 印度文学评论家西沃丹·辛赫·觉杭语。见刘安武选编：《印度现代文学研究》，北京：中国社会科学出版社，1980年版，第83页。
② 西沃辛格尔·夏尔马：《普拉萨德的诗》，章西，1978年印地文版，第45页。
③ 格利生德沃·谢尔马：《普拉萨德的四部诗歌》，德里，1975年印地文版，第12页。
④ 拉姆拉顿·帕特那加尔：《普拉萨德的生平与创作》，德里，1967年印地文版，第52页。
⑤ 马哈维尔·阿提加利编：《杰辛格尔·普拉萨德》，德里，1955年印地文版，第55页。

（二）内容简介

　　《迦马耶尼》共分十五章。第一章《忧虑》：印度远古先民，即诗中所说的"众神"，由于骄奢淫逸，受到上天惩罚，遭到洪水的灭顶之灾。唯有摩奴幸存于喜马拉雅山，他面对滚滚洪流，抚今追昔，极度忧愁苦闷。第二章《希望》：洪水退去，大地重见天日，万物复苏；摩奴内心又燃起生活的希望。但他不知道如何生活，只做些修行祭祀，仍十分痛苦。第三章《西尔塔》：犍陀罗国少女西尔塔，又名迦马耶尼（意思是爱神之女），因外出学习技艺来到喜马拉雅山，亦得免于洪水之灾，与摩奴相遇。摩奴倾诉苦衷，西尔塔批评其悲观思想，鼓励以生活信念。第四章《爱神》：摩奴感到爱情的力量，但仍怀疑生活的真实。爱神前来启示，大谈哲理，并指出，西尔塔是他的后代。第五章《欲念》：摩奴与西尔塔虽然人在一起，思想上却格格不入。摩奴并未理解爱神的启示，他爱西尔塔，只爱其美貌。摩奴几次向西尔塔坦露爱情，都被西尔塔机警岔开。二人各自的思想活动都很复杂。第六章《羞涩》：西尔塔已经爱上摩奴，但并不以身相许。她对生活有自己的见解，在爱情面前表现出一个少女的矜持和羞怯。第七章《业行》：摩奴贪图享受，以祭祀为名杀牲制酒。西尔塔对此极为反感，心中交织着对摩奴的爱和憎，劝摩奴放弃祭祀和杀生。摩奴则认为人生短暂，应尽量满足个人欲望。西尔塔据理力争，并警以先民毁灭的教训。摩奴欲火中烧，假意表示悔改，西尔塔轻信，二人结合。第八章《嫉妒》：婚后，摩奴竟日打猎杀牲，对西尔塔种植粮食和纺线织布非常不满，并认为她已经失去昔日丰姿，不能满足他的欲望。西尔塔怀孕，为未来孩子搭好花棚，编就摇篮。摩奴认为孩子将分享西尔塔对他的爱，遂生嫉妒之心，终于离家出走。第九章《伊拉》：摩奴在外流离失所多年，最后来到萨拉索特城废墟，内心苦闷。爱神又来谴责他对西尔塔和人生的错误态度。少女伊拉出现，她主张靠自己的智慧和力量创造物质财富，以求得幸福。第十章《梦境》：被遗弃的西尔塔已把儿子马诺抚养长大。她念念不忘摩奴，梦魂来到萨拉索特城，看到摩奴和伊拉建立起的城邦非常繁荣，人们被划分成阶级和种姓，各尽其责，摩奴在纵酒享乐。摩奴乘着酒兴想强占伊拉，引起天怒人怨。第十一章《斗争》：西尔塔的梦原来是真实的。萨拉索特国民因摩奴骄横跋扈而奋起造反。摩奴血腥镇压百姓，最后被重创昏死过去。第十二章《苦痛》：毁于战争的萨拉索特城笼罩着痛苦。伊拉看护着摩奴。西尔塔携子寻夫，前来救醒摩奴。摩奴悔恨交加，惭愧而去。第十三章《显现》：西尔塔教导马诺以天下为家；对伊拉表示谅解，诱以人生要义；留下马诺与伊拉共同治理国家，自己只身卜路寻找摩奴。她高尚内心世界的显现使摩奴深受感动，决心痛改前非。二人动身去湿婆大神的住地修行。第十四章《秘密》：在前往圣地途中，摩奴疲惫不堪，不愿前行，西尔塔一再鼓励。天空出现三个圆形世界，即"欲、知、行"三界，西尔塔一一为摩奴解释，指出只有"欲、知、行"统一，才能避免谬误，走上人生正路。摩奴深受教育。第十五章《极乐》：过些时候，马诺和伊拉率子民长途跋涉前往朝圣。众人相见，摩奴宣讲了一番哲理，提出人人都是一个家庭的成员，每个人都要把对方看作自己的一部分。于是，周围呈现出一片圆满、统一、和谐、极乐的气氛。全诗结束。

（三）时代与社会的折光

真正的诗歌，必须是时代的强音、民族的心声。在印度民族独立运动蓬勃发展的时代，《迦马耶尼》中唱道：

暴政如重物压顶，要么压垮要么挺身，

自古顺民，如今已不能继续容忍。(《梦境》)

唤起觉醒、鼓舞斗志，正是时代赋予诗歌的使命，是民族寄予诗歌的厚望。

真正的诗歌，还必须是社会的镜子、生活的写照。通过它能看到现实中的真伪、善恶和美丑。诗中唱道：

这里统治者的命令在下达，

这里回响着胜利者的喧哗；

而饥寒交迫的受压迫者，

却一次次地被踩在脚下。(《秘密》)

《迦马耶尼》虽然取材于印度古代神话传说，写的是人类始祖摩奴和西尔塔之间的爱情故事，但却能巧妙运用隐喻（象征）的手法，曲折地反映印度现代社会的现实，表达理想，抒发情怀。《迦马耶尼》通篇是一个隐喻，三个主要人物也各有所指。正如印度评论家西沃丹·辛赫·觉杭指出的："摩奴是今天自我意识的个人主义的人物的象征，伊拉是现代资本主义社会以承认阶级分野和剥削为基础的理智成分的象征，而西尔塔是怀着人类本能的人道精神、道德准则和友爱的人类良心的真诚感情成分的象征。"[1]

数千年来，摩奴在印度人心中，是神圣不可侵犯的。但在《迦马耶尼》里，摩奴首先是人，是一个活生生的人。而且诗人把他放

---

[1] 引自刘安武选编：《印度现代文学研究》，北京：中国社会科学出版社，1980 年版，第 82 页。

在特定的阶级地位中加以描写。他既不像《罗摩衍那》中的罗摩，是明君、良师、益友；也不像《沙恭达罗》中的豆扇陀，是英武天子、风流情种。摩奴具有多方面的性格，他先是一个悲观主义者，继而变成一个极端个人主义者，然后是一个回头的浪子，最后变成一个觉者。虽然他的个性发展起伏跌宕，但给人总的印象是个暴君。

他身上几乎集中了统治阶级的全部恶劣习性：专横、残暴、虚伪、贪婪、狂妄自大、心胸狭窄、玩弄女性，等等。虽然他后来改恶从善，重新做人，但其丑恶的灵魂，可憎的面孔却给人留下厌恶的一面。诗中，摩奴一直处在被谴责的地位，不仅西尔塔、伊拉、百姓谴责他，大自在天湿婆和爱神也谴责他。他的罪恶真是到了人神共怒、天地不容的地步。可见，作者对他基本上是采取了暴露、批判和鞭笞的态度。传说中的摩奴完全不是这个样子，不具备这样丰富的性格，也不这样可恶。作者之所以把他写得这样生动，这样典型，毫无疑问是加上了自己对现实生活的感受。其暴露和批判的锋芒是直接指向现实中的黑暗势力，指向封建主阶级和殖民统治者的。

在印度古典文学作品中，有许多作品刻画了形形色色的妇女形象，但给人印象至深、影响最广的，莫过于《罗摩衍那》中的悉多和《沙恭达罗》中的沙恭达罗。悉多温顺、贞洁、贤慧，沙恭达罗善良、淳朴、坚贞，都是古代具备后妃之德的理想女性。《迦马耶尼》中，西尔塔是第一主角，是诗人极力歌颂的正面形象。对于她的描写，作者吸取了前人的长处，而且使她的个性有所发展，有所突破。这主要表现在两个方面：一是通过细腻的心理描写使西尔塔的形象更加丰满动人，活脱逼真；二是赋予西尔塔以新的思想高度，使这一形象更鲜明，更具有现实意义。西尔塔和悉多、沙恭达罗一样，除了美丽、善良、纯洁、温柔以外，还有受侮辱和受损害的共同遭遇。但是，作者在塑造这一形象时，并没有让她停留在屈辱、不幸、有苦无处诉和自我宽慰的水平上，而是处处表现她不盲从不依赖的个性和独立自主的思想。例如，第三章中，西尔塔看到摩奴孤立无援、悲观失望，就见义勇为，提出要做他的生活伴侣，帮助他承担痛苦，同时还批评他说，"厌世纯属谬误，生活乃是真理"。俨然是摩奴的师长。《欲念》章中，摩奴急不可耐地向她求爱，她却显得很冷静，表现出若即若离的样子。这不是说她不爱摩奴，也不是通常的羞涩和矜持，而是她有头脑有见识的表现。《业行》章中，她坚决反对摩奴杀牲祭祀，认为那不过是为了满足一己之私的虚伪行为。

尤其引人注目的是，《嫉妒》章中，摩奴想把她变为自己的附庸，作为自己纵欲的工具，不让她从事劳动。但西尔塔反过来规劝摩奴放弃狩猎杀生，既表现出做妻子的温柔，又表现出对生活的严肃态度。她坚持纺线制衣和种植采集，不用摩奴养活自己，这反映出她要求在经济上独立于男子的思想。恩格斯说过："最初的阶级压迫是同男性对女性的奴役同时发生的。"[1] 反过来说，夫妻不平等，妻子对丈夫的人身依附关系，是阶级社会的固有特征之一。西尔塔的思想显然不是原始社会中蒙昧人的思想，而是作者在一个远古先民身上镀上的新时代的光泽。在普拉萨德的时代，印度广大妇女的境况与当时中国的情形差不多，她们处于社会的最底层，不仅身受外国殖民者的民族压迫，还受宗教神权、封建族权和家庭夫权的奴役，妇女作为人的权利、尊严和价值被剥夺殆尽。在这种情况下，印度妇女要求解放，要求平等，要求同男子一样受教育和参加社会工作

---

[1]《马克思恩格斯选集》第四卷，北京：人民出版社，1972 年版，第 6 页。

的呼声日益高亢。有不少妇女投身到群众运动中去，或登台演讲，或参加集会游行，为争取妇女解放而斗争。西尔塔的思想正反映出这一时代妇女的要求。

至于伊拉，在《迦马耶尼》第九章才出现，相比之下，着墨不多，但作者的意图是清楚的。在印度近代思想界，存在着这样一种普遍的思想认识，即认为西方人创造了物质文明，东方人，特别是印度人创造了精神文明[①]。《迦马耶尼》中伊拉的形象，就是这种创造物质文明的西方人的象征。可以说，诗中的三个主要人物，名为上古先民，实则是现代人的缩影。

除了三个主要人物之外，《迦马耶尼》中摩奴和伊拉建立的萨拉索特国又是现代印度社会的象征。《梦境》章中描写摩奴的宫殿，雕楹林立，观台高耸，香烟缭绕，鼓乐齐鸣，一派豪华。又描写农夫、工匠、猎人、卖花女、歌女等如何按照各自等级劳动和谋生，"人们利用一切手段来聚集享受的资料，做事效率使时空都显得短小"，呈现出一片繁荣景象。然而，这个繁荣是建立在阶级剥削之上的，歌舞升平的背后潜伏着危机。

诗中，诗人对统治者豪奢放纵的描写，对不同阶级各操其业的描写，对使用先进机械从事高效率生产和血淋淋的阶级斗争的描写，都使读者很自然地联想到印度的社会现实。第一次世界大战前夕，英帝国主义对印度的剥削更加全面，列强也纷纷向印度输出资本。印度的大部分大封建主和地主赞成在印度发展资本主义，向帝国主义者表示效忠。于是内外勾结，一齐下手，对付印度人民。民族矛盾和阶级矛盾都空前激化。大战期间，英帝又变本加厉盘剥印

---

① 参见黄心川：《印度近现代哲学家辩喜研究》，北京：中国社会科学出版社，1979年版，第48、49页。

度人民，充分利用印度的人力物力为战争服务。战后，帝国主义者、大封建主们仍然过着奢侈豪华的生活，而人民却被搜刮得一贫如洗。外国资本的大量输入破坏了印度农村的经济结构，大量农民破产，农村中出现了一支经常性的失业和饥饿大军。城市里劳动力供过于求，工人收入大大低于劳动力价值，工人生活也日益艰难。加上连年饥荒、物价飞涨、瘟疫横行，因此而死亡的人口每年就多达数百万。农民暴动、工人罢工此起彼伏，流血冲突不断发生。

《迦马耶尼》就是在这样的背景下写出的，它所反映的也正是这个时代印度社会的一些特点。诗人不仅描写了阶级斗争，指出了这场斗争的不可避免性，还对民众斗争寄予了很大同情，指出了它的合理性和正义性。

总之，运用隐喻的手法，藏奥义于形象，蕴抽象于具体，意在言外，深入浅出，既给人以美的享受，又反映社会现实，这是《迦马耶尼》思想和艺术上的主要成就之一。

（四）社会理想

《迦马耶尼》中提出的社会理想，一言以蔽之，就是"大家庭"的思想。《显现》章中说，"世界上谁都不是外人"，而是"同一个家庭的成员"。诗人还把这个大家庭比作一个"鸟巢"。如《极乐》章中说："让他们都能认识自我，整个世界就会变为一个鸟巢。"

这个大家庭究竟是个什么样子呢？可以归纳为三个方面：（1）政治上，它没有阶级和种姓的压迫与歧视，人人平等。《极乐》章中说："这里没有人受到诅咒，没有痛苦也没有罪犯；生活的大地那样平坦，大家平等，不分贵贱。"（2）经济上，人人参加劳动，没有剥削，利用自然资源自给自足。《嫉妒》章中，西尔塔规劝摩奴的话就表达了这样的思想。她主张耕种、纺织和饲养牲畜（但不杀生）以满足生活需要。（3）思想上，主张"仁爱"和"为世界服务"。《极乐》章中写道："从每一个人的眼睛里，都射出纯洁仁爱的光辉；彼此间都心心相印，把对方认作自己的部分。"

如何实现这个"大家庭"的理想呢？作者提出了一条道路，即用"仁爱"去克服"自我"，去征服形形色色的极端主义。普拉萨德认为，"唯智慧论"发展的结果，必然是极权和反极权之间不可调和的矛盾斗争，即统治者和被统治者之间的斗争。摩奴在民众的反抗中失败，是这种斗争的必然趋势。划分阶级和种姓的要害是"把人们在精神上分割开来"，其根源是统治者"缺少感情"，"精神上失去了美好友爱"（《显现》）。于是，以摩奴受挫为契机，经西尔塔的感化和诱导，代表"心意"的摩奴重新转向"仁爱"，摩奴转变了，同时伊拉也接受了西尔塔的批评和教诲，归附于西尔塔代表的"感情"和"仁爱"，"大家庭"就这样实现了。

诗中的社会理想的实现道路及其实质是什么呢？日本近代文学评论家厨川白村说过，"诗是个人的梦，神话是民族的梦"[1]。这个梦就是理想。《迦马耶尼》取材于神话传说，正是普拉萨德个人梦和印度民族梦的结合。在普拉萨德的理想国里，没有民族和种姓间的压迫，人人参加劳动，人人享受平等。这说明他反对民族侵略，反对殖民统治和阶级压迫。在他的理想国里，人人都有土地，自给自足，不需要发达的生产技术，也不需要积累过多的物质产品。这说明他鄙视统治阶级，特别是西方资产阶级穷奢极欲的物质享乐，反对阶级剥削，而向往古代男耕女织的"罗摩盛世"。在他的理想国里，不需要有过高的物质文明，但需要有以"仁爱"为核心的精神文明，

---

[1] 厨川白村：《苦闷的象征》，《鲁迅全集》第 13 卷，北京：人民文学出版社，1973 年版，第 127 页。

要有"为世界服务"的思想。这说明他珍视本民族的古老文化，相信印度民族的精神文明一定能战胜西方物质文明的侵蚀，相信"仁爱"的精神一定能感化伊拉，把她纳入"大家庭"的怀抱。

普拉萨德是印度民族的一员，他的社会理想充分体现了他的民族主义立场和独立自主的愿望。但他同时又是印度中等阶级的一员，他的社会理想和实现理想的道路也反映了这个阶级的要求。总之，《迦马耶尼》中的理想社会是一种乌托邦。作者通过艺术想象来表达自己的善良愿望，通过颂扬理想社会来否定现实社会，这是可以肯定的。然而，美梦终究不是现实，企图用"仁爱"的精神力量去感化和战胜一切邪恶，更是一种甜蜜的幻想。

普拉萨德在《迦马耶尼》中提出这样的社会理想和实现理想的道路，绝非偶然，是有其深刻根源的。

普拉萨德出身于当时印度社会的中产阶级家庭，他的活动范围也主要是在中产阶级社会和知识分子当中。他早年失去父母，过早地担负起家庭生活的重担，而且家庭生活中又有许多不幸。他曾三次结婚，三个妻子都在婚后不久去世。经济拮据，负债累累，大约到 1931 年前后，他才把债务还清。这一切，使他在感情上更接近下层社会。因此，他的作品不时地流露出对现实的强烈不满，对统治者的憎恶和对人民的同情。如他所说，"世界上的一切都在哭泣，因为万物都有不平的遭遇"。(《业行》)他还进一步把这种不平归因于阶级压迫和阶级剥削。如他创作的长篇小说《蒂德利》中第一部分第二章中，主人公之一英德尔德瓦留学伦敦，在街头，他看到穷人为争夺一块面包打架的情景，他想：殖民主义者从外国掠夺来大量财富，为什么本国人却在受苦？从这里看出，普拉萨德已经意识到，造成社会贫富不均的原因不是地域和民族的差异，而是阶级的分野。

所以，《迦马耶尼》中反映出作者要求民族独立和消灭阶级的愿望，反映出"以天下为家"和"为世界服务"的思想，这和人民大众的愿望是一致的。另一方面，尽管普拉萨德的生活处境艰难，但毕竟他还有自己的商店。1931年，当经济条件好转时，他甚至想到要去加尔各答再辟一间商店，扩大贸易①。这说明他的处境比起成千上万的工人、农民、失业者和乞丐来要好得多。他还是想保住并改善自己的经济地位的。在这一点上，他与一般的中产阶级人士并无不同。所以，他的社会理想中表现出某种妥协性和不彻底性是完全可以理解的。

普拉萨德的社会理想还受到印度近代政治和哲学思潮的影响。这里只谈两点。

第一，普拉萨德的社会理想受了甘地复古主义思想的影响。《迦马耶尼》的《斗争》章中，人民谴责摩奴说："你教我们积累过多财产，从而把我们打进欲望的深渊"；"你发明工具夺去我们的天然能力，你的剥削使我们的生活日益拮据"。在普拉萨德看来，财产的多寡和欲望的大小是成正比的，而生产力的高下又与财产的多少成正比。生产力提高的结果是财产的增多，财产的增多使欲望膨胀，欲望膨胀就会失去"仁爱"精神，导致极权，导致阶级分化，导致压迫和剥削。因此，要想人人平等，没有压迫剥削，就得采取必要的防范措施，使人人参加劳动，而这种劳动必须是低级的手工劳动。圣雄甘地在他的《印度政治运动》一书中曾经写道："古犁、纺车和古代地方教育，保证她——印度有了智慧和福利。必须回复往昔的纯朴……印度的洛克菲勒不会比任何其他人好，迷恋机器是最大的

---

① 维诺德辛格尔·沃亚斯：《普拉萨德及其文学创作》，贝拿勒斯，1956年印地文版，第25页。

罪恶，它使人民成为奴隶。"①甘地是在政论文章中表达这个思想的，普拉萨德则用艺术的语言表达了这个思想。

在当时，印度人被殖民主义者视为下等人，受到难以忍受的民族歧视。作为对民族歧视的一种反抗，作为唤醒民族觉悟和民族自尊心的一种手段，"必须恢复往昔纯朴"的思想无疑是有其进步意义的。但是，如果走向一个极端，怀着狭隘民族主义的偏见，一味强调复古，一味强调"纯朴"的精神力量，忽视和抹杀生产工具的物质要素，从而否定生产力在社会发展中的决定作用，非但不能促进历史的进步，而且会南其辕北其辙。

第二，《迦马耶尼》中提出的社会理想还受到印度近代哲学家辩喜"精神征服论"的影响。辩喜说过："如果想用武力去征服武力，这只能使人变为畜生！精神生活必定能征服西方。""印度，起来吧！用您的精神去征服全世界。"这个"印度精神"是个很大的概念，它包括一整套的哲学和社会政治思想。按照辩喜的说法，它就是"实践的吠檀多"②。所谓的"实践的吠檀多"，与《迦马耶尼》中提出的哲学思想基本一致。普拉萨德在他的长篇小说《蒂德利》第二部分第六章中还曾明确提出："真正的吠檀多是实践的。"可见，普拉萨德是赞成这个理论的。

（五）哲学思想

从《迦马耶尼》可以看出，普拉萨德的哲学思想主要来源于印度中世纪克什米尔湿婆派哲学中的"再认识论"派理论。该派认为，湿婆是宇宙间的终极存在，是不依赖任何事物自在自存的永恒实在、

---

① 转引自苏联安东诺娃等著：《印度近代史》，北京：三联书店，1978年版，第1075页。
② 转引自黄心川：《印度近代哲学家辩喜研究》，北京：中国社会科学出版社，1979年版，第97、108页。

永恒精神。它高居于宇宙之上，有无限的能力，其中主要有五种，即精神力、欢喜力、意愿力、知觉力和活动力。湿婆与力是紧密结合不可分割的。万物是湿婆的显现。每个人的内在自我与湿婆都是同一的，人由无知（无明）才认识不到这种同一性，因此需要"再认识"，才能最终获得解脱。

《迦马耶尼》中提到湿婆的地方不少，但极少直呼其名，而是以"最高精神"（Mahaciti，或译为大精神）、"宇宙的主宰"（Visvasatta，或译为宇宙实在）、"原始神我"（Purusa Puratana）等称之。《极乐》章中写道：

> 最高精神呈现的巨大身躯，
> 永远存在，永远美好吉祥。

其中"巨大"一词有无限大的意思。这就清楚表明，湿婆既不受时间限制也不受空间限制，是一个永恒的超越时空的实体和精神。他在自然界之上，不以人的意识为转移。诗中又称湿婆为"伟大的力"（Mahasakti），他按照自己的意愿毁灭和创造世界。他创造和毁灭世界是通过舞蹈进行的，故又被称为"舞圣"（Nataraja，或译为舞王）。即是说，他毁灭和创造世界的行为并无特殊目的，只是他的一种娱乐。所以《迦马耶尼》《显现》章中写道：

> 舞圣的动作是那样欢快，
> 浑身焕发着迷人的光彩。
> 舞姿是那样优美动人，
> 亮晶晶的汗珠流出体外。

日月星辰是汗水的结晶，

脚下的尘埃变成了山脉。

双脚起落是创造和毁灭，

无穷的声音响彻天外。

湿婆不仅创造了宇宙中的天体、地球上的山脉等无生物，而且
还创造了人和其他生物：

他撒下无数有知的粒子，

它们顷刻间又都消失。(《显现》)

这些生物是湿婆的一小部分，与湿婆无限巨大的身躯相比，只
能算作"粒子"。其生命与永恒存在湿婆相比，也是极其短暂的。从
这里可知，湿婆不仅有毁灭和创造世界的意愿力，而且还有化为各
种形态的活动力。此外，湿婆的知觉力、精神力和欢喜力都在《迦
马耶尼》中有所表现。

在湿婆派信徒看来，人既然是湿婆身上分离出来的粒子，自然
也具有湿婆的特征，在本质上与湿婆是同一的。但是，由于人容易
受到各种假象（摩耶）的蒙蔽，或者由于摆不正"欲、知、行"的
关系，往往走向一个极端，认识不到自我。诗中摩奴和伊拉都属于
这种情况。摩奴由于认识不到自我，看不到生命的意义，只觉得
"人生是一闪即灭的星星之火"（《斗争》），因而走上纵欲的极端。而
伊拉由于"对生活盲目迷恋"，"有头脑但缺少情感"（《显现》），也
不能与湿婆认同。

《迦马耶尼》中关于湿婆的观念，并不是作者根据艺术的需要想象和发挥出来的，而是作者宗教信仰和哲学思想的反映。我们知道，在印度，宗教信仰是极为普遍的现象，不信仰宗教则被认为是不可思议的事情。普拉萨德生活的贝拿勒斯历来是印度教文化的一个中心，湿婆派信徒众多，普拉萨德一家都是湿婆派信徒。根据他的生前好友维诺德辛格尔·沃亚斯回忆，普拉萨德对湿婆十分虔敬，朝朝膜拜，即使在生命的最后日子里，他仍念念不忘敬奉湿婆[1]。有人甚至把他誉为"当代的湿婆"[2]。很显然，普拉萨德的宗教信仰便是他哲学思想的根基，也是《迦马耶尼》中湿婆观念的来源。

　　印度教湿婆派中的"再认识论"哲学约形成于12世纪，它与古代哲学大师商羯罗（约8世纪人）主张的"吠檀多不二论"有着明显的渊源关系。前者中的"湿婆"相当丁后者中的"梵"。商羯罗认为，"梵"是唯一的，是宇宙的最高本体，世界是"梵"的演化。在这个基本点上，湿婆与梵是一致的。所以，普拉萨德关于湿婆的观念并不是一个全新的发明，而是与古老的吠檀多哲学一脉相承的。其实质乃是人的主观意识的无限夸大和绝对化。事实上并不存在这样一个"湿婆"，而普拉萨德在诗中硬是把他描绘成"宇宙主宰""最高精神""原始神我"等，认为他先于物质世界而独立存在，把他当作世界的本源、万有的肇端，并把他神圣化和偶像化，在日常生活中膜拜，这就明显地反映出普拉萨德哲学思想中的客观唯心主义实质。

　　但是，普拉萨德毕竟是20世纪的印度进步作家，他的哲学思想

---

　　① 维诺德辛格尔·沃亚斯：《普拉萨德及其文学创作》，贝拿勒斯，1956年印地文版，第19页。
　　② 拉姆拉顿·帕特那加尔：《普拉萨德的生平与创作》，德里，1967年印地文版，第29页。

既不可能停留在"吠檀多不二论"上，也不可能停留在"再认识论"上，而是大大向前跨了一步。

辩证唯物主义认为，世界是由物质构成的，运动是物质的固有属性和存在方式。普拉萨德在《迦马耶尼》中提出了与此相近的看法。他精通梵文，对印度古典哲学很有研究。他吸收了古代数论派哲学中的唯物主义成分，认为世界是由物质构成的，是真实的。诗中多次提到"五大元素"，即地、水、风、火、空，说"五大元素构成物质"（《秘密》）。他还吸取了古典胜论派哲学的精华——原子论。诗中写道："原子在急速运动，从来不半途停驻。"（《爱神》）他还接受了西方科学中的"电子说"，说"天空中像过洒红节一样，电子互相碰撞发出光芒"；"先在欢快的气氛中吸引，然后便拥抱结合；据说这美妙迷人的世界，就是这种运动的结果。"（《爱神》）他还认为，人的形体是由"物质凝结"的（《秘密》）。他把人不能全部洞见的宇宙比作"一个巨大的湖泊"，而把肉眼可及的世界比作"一只美丽的天鹅"（《显现》）。《爱神》章中，爱神指责摩奴，说他"怀疑世界的真实和人生的重大"，这就明确地强调了世界的物质性和真实性，强调了物质的运动性。从这一点出发，他充分肯定人生的真实，肯定人生的意义，热情地讴歌和赞美生活：

　　生活是一股美好的溪流，
　　它光明愉快，真实持久。（《显现》）

普拉萨德认为，矛盾是普遍存在的，世界上的事物都是由彼此对立的两个方面构成的。如冷和热，明与暗，新与旧，生与死，等等。它们像"世界嫩芽的两片绿叶"（《苦痛》），"相辅相成，配对成双"(《爱神》)。同样，精神世界也"永远有对立情感"(《斗争》)，如爱和恨，苦和乐，悲观与希望，疑虑和信念，等等。而且这些矛盾的双方相互依存，不可或缺，彼此融合，又斗争不断。

> 恨的火焰中有爱的甘露，
> 热的世界里有冷的国度。(《苦痛》)

普拉萨德还认为，事物矛盾的双方是"互为极限"的，事物在一定条件下走向自己的反面。各种事物都像花一样，在它开放之初就含有两种因素，一是他自身的凋零，二是新生命的孕育(《爱神》)，世界也一样，不断毁灭，不断创造，毁灭中有创造，创造中有毁灭：

> 创造像一片树林，
> 常在毁灭中葱茏。(《斗争》)

这就是说，矛盾双方你中有我，我中有你，并不断向对立面转化。

普拉萨德的这些关于矛盾的观点充满了辩证思维，都是积极的，是与辩证唯物主义相一致的。但是，不能忘记，普拉萨德哲学的出发点是湿婆。他认为湿婆神是真实的，湿婆演化的世界才是真实的。人是湿婆撒下的粒子，是湿婆的一个部分，所以人才是真实的。物质具备湿婆的力，所以物质才是运动的。同样，普拉萨德承认矛盾的普遍性，却不承认矛盾斗争的绝对性。为此，他专门设置了一个"欢喜"（极乐）的范畴，认为人生的最高目的就是获得"欢喜"。要达到这个境界，便"一切都由同一个精神指导，一切都得到巨大圆满的欢喜"（《极乐》）。即是说，什么痛苦、忧虑、矛盾、斗争，一切都没有了，身世两忘，万念皆寂，唯有和谐、同一、圆满和极乐。这样，普拉萨德的辩证法最终还是没有脱离客观唯心主义的藩篱。

还有，普拉萨德虽然承认事物是向对立面转化的，但他认为这种转化是由湿婆决定的。例如他说：

在你剧烈的舞蹈中，

大宇宙变化无穷；

在破坏中得到发展，

时刻都在更新面容。（《业行》）

湿婆经常用洪水和地震一类的灾难来毁灭世界和惩罚人类。印度先民纵欲，湿婆发洪水淹没之，摩奴为非作歹，湿婆则用地震威慑之。由此，我们可以看到，普拉萨德的"灾变论"与印度古代的"轮回说"和"因果报应"思想有着密切的关系。例如，《业行》章中写道：

恶有恶报，轮回不爽，

谁给生活以残暴的侵伤，

谁就在痛苦中凄惶。

因此，要免除和摆脱灾变和轮回之苦，就要与湿婆认同，到达"极乐"境界。这仍然是客观唯心主义的观点。

在认识论方面，普拉萨德的哲学也有其合理的成分。由于他承认世界是真实的，是由物质构成的，所以某些场合他也明确提出精神来源于物质。但是，普拉萨德并不始终坚持这样的观点。他认为世界之上还有一个最高意识，有一个指导一切的精神力量。人们的精神中也先天地包含着湿婆的特性，包含有湿婆的"知觉力"和"欢喜力"。这就说明，普拉萨德的认识论从根本上说还是唯心的、先验的。

在认识路线方面，《迦马耶尼》中提出了三个范畴，即"欲"（iccha）、"知"（jnana）、"行"（kriya）。《秘密》章中，作者把这三个抽象概念描绘成三个看得见的圆形世界。

首先是"欲界"（与佛教中的欲界不同），其中分布着五种细微元素：即声、触、色、气、味。正是这五种细微元素刺激了感官，人才会产生一种迷恋情绪——欲。欲望得不到正确引导而导致造业和犯罪，因此，"欲界生长各种罪孽和业行"。五细微元素的说法来自古典数论派哲学。从作者的描写可知，所谓的"欲界"实际上是指认识的感性阶段，即认识的低级阶段。

其次是"行界"，诗人在这里描绘的实际上是一种受欲望驱使的盲目行动的倾向，批评那种贪图物质享受的行为，他认为行界是充满贪欲、高傲、焦躁、妄杀、争斗、失败、混乱、犯罪和痛苦的世界。

并指出，"这一切便是疯狂社会的形态"。显然，这是对资本主义社会的讽喻和针砭。在哲学上，行界指的是片面认识指导下的实践，或者是不能导致正确认识的盲目实践。

最后是"知界"，作者指出，知界的人们虽然不像行界的那样作恶多端，但他们的知识和智慧也是不完全的。他们盲目履行经典中的古训，脱离生活，洁身自好，节制欲望，谨小慎微，沉溺于思辨和修行，也是不正确的。这里，诗人反对的是那种逃避现实、脱离实际的倾向，反对苦行和禁欲的极端，反对墨守陈规的教条主义，否定未经实践检验的知和智。

普拉萨德认为，"欲、知、行"的统一是获得正确认识的必要条件。他说：

> 缺乏智慧，行为不轨，
> 心中欲念何以顺遂？
> 欲、知、行三界脱离，
> 这正是生活中惨败的根底。

在诗人看来，如果没有欲望，生活就变得干枯；没有知识，行动就变得盲目；没有行动，智慧则是不完整的、无意义的。这种三界结合的主张，显然是具有合理的成分和积极意义的。

总之，普拉萨德的认识论中包含着合理与不合理、积极与消极的两种内容，存在着不可克服的矛盾。表面上看，普拉萨德似乎承认认识的能动作用，但实际上，他的"极乐"是最高境界，他的湿婆是终极真理，认知湿婆和达到"极乐"便大彻大悟、大功告成。这等于宣布了认识和真理的终结，那么认识的能动作用也就无从谈起了。

普拉萨德不是哲学家，但《迦马耶尼》却充分体现了他的哲学思想。而他的哲学思想中又兼收并蓄有印度古代的哲学观点和近现代印度哲学家们的观点，同时也吸收了西方的电子说和阶级与阶级斗争的学说。可以说，这种思想上兼收并蓄的现象在当时的印度知识界是普遍存在的。当时先进的知识分子看到了国家和民族的苦难，积极寻求变革，为获得得心应手的思想武器而多方求索，于是，东方的、西方的、古典的、现代的、科学的、迷信的，都被汇集起来加以选择，这就形成了一种纷繁复杂的思想局面。普拉萨德正是这进步知识分子中的一员。

（六）心理刻画

《迦马耶尼》艺术上的显著特点是细腻生动地刻画了人物心理，通过心理描写塑造、抒发和寄托诗人自己的思想情感。

如《梦境》章中，诗人对西尔塔的心理描写十分逼真。摩奴抛弃了她而离家出走，长期的精神折磨和生活的重负使她像"花朵失去蜜香"，像"黎明的残月，惨淡无光"。但她顽强地生活着，把孩子抚养成人。她怨恨摩奴，感到自己受了欺骗，"美好的愿望，都随流水逝去"；她又时时牵挂摩奴，关心他的命运，盼望他早日回头。风吹草动，鸟鸣虫吟，都会牵动她的九曲回肠：

> 让杜鹃鸣出心声，我只默默倾听，
> 然而，它唱不回从前的良辰美景。
> 在这叶落枝空，充满期待的时节，
> 迦马耶尼，要坚心矢志忍受一切。

> 稀疏的花丛里，风声凄凄，
> 唤起回忆，却没带来相会的消息。
> 仿佛全世界都对我这无辜者不满，
> 眼中的泪水啊，去打湿谁的衣衫？

> 怨恨中有思恋，委屈中有宽容，痛苦中有期待，柔弱中有刚强，

种种矛盾心理和谐地统一在迦马耶尼的身上，刻画出一个受侮辱受损害女性的内心痛苦，间接反映了现实中妇女的不幸，既寄托着诗人的极大同情，也强烈地震撼着读者的心灵。

《迦马耶尼》中多用比喻，而尤以博喻为突出。用博喻于心理描写，对揭示和分析人物内心微妙而复杂的矛盾有特殊效果。例如，描写少女的羞涩：

> 你如刚刚破萼的花苞，
>
> 躲藏在柔枝嫩叶的裙稍；
>
> 如荧荧跳动的烛辉，
>
> 闪烁于黄昏朦胧的氛围。（《羞涩》）

诗人还把羞涩比喻为引起一连串的不安的神奇花环、被压弯的枝头、斑斓的梦影、激潋的波光等。羞涩本来是人的一种心理状态，它常常通过人的表情和动作反映出来。要用文字把它恰到好处地描写出来，实在不易。通常的文学作品，不过是用"低头掩面""两颊绯红"之类的词汇轻描淡写，一笔带过。普拉萨德却独出心裁地把它比作"花苞""烛辉"一类具体的东西，又把这些具体物象同时放到绚烂明丽和幽寂迷离的背景中去，给人一种既鲜活又飘忽的意象，让读者在静与动之间，在似与不似之间捕捉真确的含义，这可谓高妙之笔。试看，花苞刚刚破萼，似露非露，在柔枝嫩叶之间，似藏非藏，这不正如羞涩之情，欲吐未吐，欲发未发吗？烛辉荧荧跳动，将隐将现，在黄昏朦胧中闪烁，将明将暗，这不正如羞涩之举，不即不离，不就不却吗？不似中有似，形象中见情，这才给人以充分吟味的余地。不止于此，羞涩如柔枝嫩叶间的花苞，其中暗示着青春的生机，给人以健康姣美的感受；似黄昏朦胧中的烛辉，似斑斓的梦影，其中含有某种希望和憧憬，给人以扑朔迷离、五彩缤纷之美；似潋滟的波光，其中含有某种游移不定的情绪，给人以斑驳陆离之美；似引起一连串不安的花环，似压弯的枝头，其中隐含着紧张和矜持的意味，又给人以神秘和庄重之美。这等于说，羞涩并不是一种单一的心理状态，而是多种情感的化合物。诗人运用博喻的手段对羞涩做了一次化学分解，其丰富内容如脍如炙，愈咀嚼愈见甘美。古往今来，如《迦马耶尼》这般描述少女羞怯的实在罕见。

普拉萨德还善于把风雨云电、山川草木、花鸟泉石等自然现象和景物做拟人描写，借以烘托人物的心理和寄托自己的情思。这种例子也很多，仅举其一，略加评说。如《希望》章中摩奴说：

当黄昏提着星星的灯盏，
来到希望之海的岸边；
黑夜啊，你为何如此乖戾，
弄破那彩霞的纱丽？

这里，黄昏和黑夜都被拟人化了。黄昏是美好的，再披上"彩霞的纱丽"，"提着星星的灯盏"，就更加妩媚。希望就是这样，常常是绚烂多彩、富于魅力的。"来到希望之海的岸边"，希望的殷切，心愿的深沉，已经不言而喻了。可是，越是美好，越是殷切，越是深沉，它的消失也就越令人惋惜和失望，吞没它的黑夜也就越是可恼和可恨。画面上的色彩是鲜艳的，而意向却有些朦胧，使人感到希望本来就十分渺茫。在感情上，殷切、惋惜、失望、恼恨浑然一体。情和景交汇融合，把主人公的心理状态表现得淋漓尽致。表面上，这是摩奴在抒发胸臆，但何尝不是诗人在借景抒情，宣泄自身的感伤呢？

普拉萨德曾经说过，对古代的人物"不是仅仅从外部去描绘，而是表达以痛苦为基础的自我感受"①。这是他对阴影主义诗歌的评议，也是他自己创作诗歌的宗旨和体会。《迦马耶尼》中，不论是西尔塔的哀怨，还是摩奴的忧虑，其中都贯注融汇着诗人自己的情感。若不了解现实中妇女的不幸，不曾对她们有过深切的同情，就不可能那样入细入微地刻画出西尔塔内心的凄婉；若不备尝生活中的忧愁滋味，只会"为赋新诗强说愁"，不可能如此真切地表现出摩奴的沮丧和抑郁。正是普拉萨德屡遭不幸的生活经历和周围苦难事物的层出不穷，使他强烈地意识到必须"表达以痛苦为基础的自我感受"。所以，在《迦马耶尼》中，人物细腻的心理活动总是笼罩着低沉、哀怨和悲凉的气氛。普拉萨德虽然看到了社会痼疾，看到了人间不平，极力寻求出路，期望未来，但事实上他并未看清过出路，只觉得"世界是可怕的黑夜"（《苦痛》）。他在黑暗中摸索，偶尔也看到一线光明，然而那不过是"在夏夜里捕捉流萤"，"一捉到手它便失去光明"。（《伊拉》）所以，诗中人物心理活动中即使出现振奋和愉快的时刻，也常常是短暂的、朦胧的。正像诗中所说：

生活之夜啊，
　　希望之火中升起的烟云；
　　使失望的痛苦
　　像短命的火星发出呻吟。（《伊拉》）

---

① 杰辛格尔·普拉萨德：《诗歌与艺术》，普拉亚格，1954 年印地文版，第 123 页。

诗中的心理描写所占篇幅很大（约三分之一），这种低沉、哀婉、朦胧的气氛几乎贯穿全诗，使整部《迦马耶尼》成为低吟而非高唱，成为哀叹而非欢歌。

三、结语

《迦马耶尼》发表于 1935 年，在第一次和第二次世界大战之间。这一时期，印度印地语诗坛上占主导地位的是"阴影主义"诗歌。"阴影主义是既要从旧的传统中，又要从外国的附庸地位中解放出来的民族觉醒在诗歌上的表现。"[①]也就是说，阴影主义诗歌的思想主流是以反帝反封建为主要内容的民族民主主义。阴影主义是吸取了西方浪漫主义的创作手法，在印度古老诗歌传统的基础上形成的印地语诗歌流派。通过诗人的自我感受曲折地反映现实生活和社会情绪，刻画鲜明生动的人物形象，象征、比喻、拟人手法的大量应用，语言的婉转，韵律的多变，等等，构成了阴影主义诗歌艺术上的主要特点[②]。这些特点，几乎都在《迦马耶尼》中体现出来。高尔基曾经说过："谁要想当作家，谁就必须在自己身上找到自己。"[③]诗人也是如此，其文学作品一定要有自己的思想特征，有自己的艺术独创。《迦马耶尼》发表至今已经过了 80 年，它之所以能被翻译为许多种文字广泛传播，其奥秘就在于它充分表达了普拉萨德自己的思想感情，而这种思想感情又是与时代的精神、民族的意志息息相通的；它充分显示了诗人自己的艺术风格，而这种风格又是在前人成就基础上的发扬与创新。因此，《迦马耶尼》在印度现代印地语文学史上

---

① 纳姆瓦尔·辛赫:《论阴影主义》，贝拿勒斯，1955 年印地文版，第 15 页。

② 罗·图·婆格特等著:《现代印地语诗歌四十年》，戈尔卡普尔，1974 年印地文版，第 124~132 页。

③ 高尔基:《文学书简》上册，北京：人民文学出版社，1962 年版，第 133 页。

占有重要地位。

最后，我想发点感慨，并借机鸣谢。1979年，我考入中国社会科学院研究生院南亚系，在刘国楠老师指导下读硕士研究生。1980年，北大东语系徐晓阳老师建议我写关于《迦马耶尼》的毕业论文。1981年，我完成了《迦马耶尼》的汉语翻译。1982年上半年，我完成了毕业论文《评普拉萨德的大诗〈迦马耶尼〉》，当年通过答辩。答辩委员会主任为季羡林先生，委员有刘安武、金鼎汉、徐晓阳等先生。此后，毕业论文的主要部分曾分成两部分在刊物上发表，一部分以原题目发表于《印度文学研究集刊》第一辑（上海译文出版社，1984年），另一部分以《从〈迦马耶尼〉看普拉萨德的哲学思想》为题发表于1986年第2期《南亚研究》。参加答辩的老师们都曾提起过《迦马耶尼》的出版问题，尤其是季羡林先生，更是多次提起。刘国楠先生则审阅了译稿的前四章，并提出了许多具体的修改意见。有的小节甚至是他的手笔。但因机缘未到，迄未付梓。想到这段往事，心中难以平静。老师们的关怀，毕生难忘。如今他们已部分作古，我也年过古稀。30余年后，得乘中印两国总理见证签署的文化交流协定的东风，译稿得以在中国大百科全书出版社出版，真是毕生之幸！千恩万谢，不足以表达内心的情感。

当然，译稿是不完美的。因学力有限，翻译中难免有误读误判，敬请读者指正。

薛克翘

2015年5月25日，于京东太阳宫

目　录 |

眼泪（节译）

这慈悲感化的心巢
现在奏起忧愁歌调，
为何在惶恐声音里
无限的痛苦在呼叫？

在心的海洋的岸区
那起伏波澜的冲击，
为何细语喃喃地诉说
那些被遗忘的往事？

从那空无的地平线
为何我的声音返还，
如被撞击又如抽泣
发疯似的来回打转？

为何悲苦的银河
分离延伸成两端，
为何我理智的河流
会掀起轻微的波澜？

在记忆的心中
留有一个村落，
就像星座布满
这青色的居所。

这火焰般焦灼的
是我全部的火花，
我那伟烈的相会
仅有些许痕迹留下。

燃烧的清冷火苗
以眼泪作为燃料，
一次次无谓呼吸
在从事风的操劳。

如海底之火沉眠
在爱情之海的底层，
如躁动水中的游鱼
瞪着饥渴的眼睛。

如海面气泡破裂
一排排星宿断裂，
天空披散着头发
大地像是被抢劫。

擦拭这双柔软的脚
如剥下爆裂的树皮，
一次次地洗净
这充满悲伤的泪滴。

承受无助的痛苦
谁人挑战过幸福，
那是个无知穷汉
我们昏睡的觉悟。

种种愿望反侧辗转
又唤醒蛰伏的悲酸，
幸福幻梦总是出现
两只眼睛泪水不干。

蜂群纷纷扰扰
在心莲的周遭，
泪如花蜜滴落
与信念之风会合。

醉人的，迷人的
赏心悦目的游戏，
现在使心旌摇动的
是甜蜜之爱的苦疾。

受伤的幸福心灵静寂
担负着无用的呼吸，
这心变成了坟墓
怜悯在角落里哭泣。

比起杜鹃惊悚的叫声
夜莺的声音简单甜蜜，
我那令人同情的故事
变成碎片被泪水打湿。

因幸福而变得无知
痛苦只是暂时蛰居，
难道有充裕的时间
去听取心酸的故事？

生活的复杂问题
如乱麻纠缠加剧，
尘土在心中飞舞
这像是谁的财富？

那凝聚成的苦痛
大脑记忆的阴影，
困厄间变成眼泪
在今天终于喷涌。

水　波

一

小小的水波摇曳潋滟，

宛如忧伤的呵欠连连，

又如春日熏风的身影，

　　向着这干枯河岸扩散。

如清凉柔弱的颤抖不宁，

如受宠孩提的固执童萌，

你从什么地方回来——

　　这样戏要着走走停停？

来时前赴后继任跌宕，

去时舞步印痕留翩跹，

沙土涌出条条线——

充满了你的活力震颤。

你莫忘记，荷花丛中，

这生活的空寂荒芜中，

哦，以充满爱欲的翻滚，

　　来亲吻河岸枯燥的嘴唇。

二

在你卷发的黑暗中，

　　你将怎样隐藏着来到？

何等迫切的好奇心，

　　且慢，它永远满足不了！

啊，让我亲吻那双脚吧，

　　那承受重压的双脚——

别让它们这么痛苦，

　　哎，红霞似的她在那边飘。

大地仿佛变成了足迹，

　　将长留在这里；

东方的夜晚，

　　想拿郁金粉装点眉宇。

我不看，这点心愿还有？

　　瞧，我已然低下头；

你会用柔和光线的手指，

　　捂住这睁开的双眸。

然后你会说：认识吗，这是我。

谁会这样告诉；

不过，就用那嘴唇，

　　先把那些笑给压制住。

用嘴唇抓住颤抖、飘逸

　　和柔软的纱丽襟，

白驹过隙，用灵活手臂的藤蔓

　　来捆绑时辰。

你是谁，我又是什么？

　　　其中的大地是什么？听着：

让心的海洋长久吻过的——

　　　我的地平线变得宽阔。

三

蜜蜂说自己怎样的故事，

　　嗡嗡不休，

瞧那凋零的叶子，

　　今天是多么富有。

这浓重无边的青色中，

　　无数生命的历史——

瞧这，造业不止，

　　自嘲罪孽的讽刺。

于是你说：让我吐出——

　　自身经历的弱点！

你听了会得到快感，

　　会看到水罐的优点。

但是，不要让自己

　　成为倒空水罐的人——
而把自己看作，

　　用我的汁液灌满自己的人。
这太好笑！

　　哎，我嘲笑你的单纯朴实；
我要么揭发别人的欺骗，

　　或者忘记自己。
我怎样唱出，

　　夜晚甜蜜月光的闪亮歌词；
啊，开怀大笑，

　　为那些将要发生的事。
怎能得到那幸福，

　　我梦中看到就醒来？
眼看要进入怀抱，

　　却微微一笑又跑开。
在她那红红脸颊，

　　醉迷的美丽影子里，
朝霞的追随者，

　　在幸福婚姻的甜蜜幻觉里。
他的记忆，

　　成为疲惫行人路上的干粮，
拆开缝合线，

　　你会看见我的褴褛衣裳？
我今天要讲，

小小生命里的大故事？

难道不好，

　　　听别人讲而我沉默无语？

能听完我简单枯燥的自传，

　　　是你行善，

我沉默的痛苦疲惫睡去，

　　　现在也没了时间。①

四

　　哎，瓦鲁纳②宁静的岸边！
　　苦行者离欲的爱恋！

长年无欲的栖息，

　　　啊，仙人们的林丛！

使世界免于消亡的守护，

　　　藤蔓和花木丛生！

你们的茅棚里，

　　　辉煌的事业默默进行，

天与地的纯洁交汇，

　　　曾经的世间轰鸣。

　　　哎，瓦鲁纳宁静的岸边！

---

　　① 本诗是应普列姆昌德所办《天鹅》杂志《自己的故事》专号之邀而作。——编者原注。
　　② 瓦鲁纳，（1）河名，在瓦拉纳西汇入恒河。（2）水神婆楼那。

苦行者离欲的爱恋！

你们丛林里的冥想，
　　　曾经的哲学主张，
天神们的显现，
　　　天堂梦境的畅想。
坐在慈悲的树荫，
　　　常聚会出美妙思维——
头脑参与多少，
　　　有多少心的权益？

　　　哎，瓦鲁纳宁静的岸边！
　　　苦行者离欲的爱恋！

放弃世俗享乐的丰富，
　　　及妻子难得的爱，
父亲心中的温情，
　　　对童稚之子的疼爱，
终结了苦痛的存在，
　　　为了解放众生，
讲述阿兰若的教义，
　　　如来来到你家门庭。

　　　哎，瓦鲁纳宁静的岸边！
　　　苦行者离欲的爱恋！

解脱之水那清凉的洪流，

　　　将世俗之火平息，

为消除黑暗之苦担当，

　　　阿弥陀佛焕发非凡之光。

天神为苦难焦虑不安，

　　　向众生发出呼唤——

你能够摧破轮回束缚，

　　　你有这全部的权力。

　　　哎，瓦鲁纳宁静的岸边！

　　　苦行者离欲的爱恋！

抛弃生活极端，

　　　改革解脱采取中道，

灭除苦的集聚，

　　　是你们羯磨的纲要。

人性的胜利呼喊，

　　　回荡在这里如注甘泉，

获得神圣的教诲，

　　　到今天仍然是日月可鉴。

　　　哎，瓦鲁纳宁静的岸边！

　　　苦行者离欲的爱恋！

你的盛大庆贺，

　　纯洁的声誉周遍，

给予整个大地的信息，

　　福泽不断。

多少个世纪过去，

　　那些废墟上钟声依然，

听到四方回响，

　　世界变成这声音的寺院。①

五

世界的吉祥朝霞下降，

那一天慈悲之心来临，

大地崭新赭色裙幅的东方，

　　染上红妆。

人群的恐惧之夜过去，

结束轮回的焦躁匆忙，

因浓黑的重负，

　　闪电变成了天堂之光。

莲花丛中花瓣绽放，

仙人小镇睁眼四望，

---

① 佛陀初转法轮于古代"仙人小镇"鹿野苑，如今叫作萨尔那特。此诗写于"根香精舍寺"（Mulagandha Kuti Vihara）建立之际。——编者原著注。译者按：此寺原址相传为释迦牟尼初转法轮后的第一个夏安居地，历史上曾建有精舍，后几经损毁，重建于1931年11月，此诗当作于此时。

关注苦的残酷，

　　代之以花蜜的芬芳。

河水汩汩不停流淌，

诉说众生苦难愁肠，

慈悲变成物质，

　　带来宁静甘露的清凉。

兴奋香风吹满水塘，

束束鲜花捧在手上，

迎接无畏的声音，

　　告别冷酷的哀伤。

在那些宁静的净修林，

在那些茅棚和草莽，

花开满，枝低垂，

　　茅舍里充斥着光亮。

小鹿们甜美地反刍，

小鸟们用妙音鸣唱，

吊问不幸，

　　是谁的脚步声来到近旁。

东方的行路人走来，

附近布满脚步的芳香，

那是神圣的微粒，

　　慈悲心用以创造物象。

苦行是年轻时的雕像，

智慧到彼岸更加辉煌，

苦难世界的觉悟，

　　因乔达摩出生发祥。

那神圣之日的吉祥，

那记忆是宽容忍让，

当时法轮常转的欢乐之声，

　　笼罩八方。

世世代代新的人性，

广袤大地无处不在，

福利僧团诞生，

　　被召唤来到这土地上。

古老的记忆痕迹里，

横征暴敛的野蛮中，

我们不要忘记那信息，

　　它宣告达磨至上。[①]

---

① 这首诗是根香精舍寺（萨尔那特）首次庆祝大会的祝词。——编者原注。译者按，
该庆祝大会举行于 1931 年 11 月 11 日。

六

带走吧，欺骗了之后

我的船夫！慢慢地，慢慢地。

在荒凉的大海，水波欢愉，

天空的耳朵里，深深的——

你讲述真诚的爱情故事，

放弃吧，喧嚣的大地！

那里黄昏般生活的阴影，

自己松弛的柔美身体，

天空青色眼睛里落下，

一串串星星的浓重珠泪！

那严厉而甜蜜的影子里——

世界的画布走入幻界，

普遍存在，大神般在显示

苦的和乐的都是真实！

劳作休息，从地平线的边际——

从创造的大聚会那里——

不朽的觉醒，从朝霞的眼睛里——

扩散吧，发射出强烈光辉！

七

嗨，海的汇合处，红和蓝①！

可怕的大海莫测深远——
放弃了自己确定的时限。

在波浪的狂笑声中，
来到盐的呼吸中间。

世代美好愿望的
捆绑，何尝松开。
嗨，海的汇合处，红和蓝！

黄色光芒般甜蜜轮廓的
雪山少女，你何曾看见！

唱着某个往世颂歌走来，
她让鸟鸣声乐曲般远传。

这到来成为永久的会合——
撒开带泡沫的流动碎片。
嗨，海的汇合处，红和蓝！

---

① 指恒河汇入大海。在印度古代神话中，恒河之神是女性，呈赭红色。

来了，是急于成为无边无限，

来了，她自古至今依然。

天界甘露故事的奇幻，

放弃褐色森林影子的懒散。

她要求自己休息，

她曾见过那梦幻。

好奇，何时成为红光的湖？

在无边天宇底下的蓝色部分，

嗨，海的汇合处，红和蓝！ ①

八

那一天，在生活的路途中

拿着破碗的手在颤，

唇挂乞讨的蜜语甜言，

在陌生的城市附近，

来了个要饭的穷汉。

那一天，在生活的路途中

人们的眼睛充满渴盼，

自己也能讨到点什么，

① 1932 年 1 月 14 日在恒河入海口的汽船上写的这首诗是唯一标有日期的。——编者原注。

焦躁不安沸腾于蜜河，

积蓄财富是为了施舍。

那一天，在生活的路途中

花儿张开了花瓣，

玩笑在眼睛里闪现，

心没有看管好口袋，

欲念开始劫掠，狂乱。

那一天，在生活的路途中

破碗渐渐装满——

白得的蜜汁装不住，

他有些吃惊不明白，

藏在哪里，如此春林①！

那一天，在生活的路途中

降下美妙吉祥的雨，

尖刺也穿上珍珠衣，

希望②边收集边哭泣，

明白了财富的意义。

---

① 春林（Madhuvana），印度神话传说中一个叫摩杜（Madhu）的巨魔居住的树林。

② 作者在这里将抽象阴性名词"希望"人格化。

九

漫漫长夜醒来啦！

　　天河渡口，宝瓶座在沉沦，

　　黎明女神，这城市的公民。

鸟群叽叽喳喳在说话，

嫩叶飘动自己的衣裙，

　　瞧这藤蔓也舒展腰肢，

　　花蕾如盛满蜜汁的容器。

嘴唇喝下了美妙曲调，

眼睑上涂抹了檀香膏。

　　女友啊，你一直睡到现在，

　　眼睛里充满午夜后的曲调！

十

为了用眼睛叫醒上帝

　　今天，怖畏女神来临①。

朝霞般的眼睛里，

　　红红的，充满醉意。

摩罗耶风②告诉四方

　　东方充满羞愧的目光——

夜女神曾来春林一转，

　　这是她慵懒的呵欠。

---

① 本句中的"上帝"（Alakha）指湿婆，怖畏女神（Bhairavi）指难近母。

② 摩罗耶风，有南风、春风、香风等多义；指春天时由印度南方摩罗耶山（Malaya）刮来的季风，其地盛产檀香。

玩耍嬉戏于波涛之间

那是大海涨起的裙边。

擦拭着噙满泪水的眼睛，

这创伤由谁造成？

十一

啊，这躁动的青春！

御着醉风徘徊，

不停洒下酒雨。

信德茉莉般的茂密榕树，

将全部的光线遮住。

精神的无限天空——

智慧闪电的刹那舞动，

对自己生命的一吻，

流逝了，那躁动的青春！

啊，这躁动的青春！

嘴巴上是双唇的饥渴，

眼睛里是观看的信心。

脖子上缠绕着相抱相拥——

旧痛上又添新痛。

所有的束缚被割刈，

多汁多味的生命一滴，

点点滴滴洒满天空，

这就是青春的疯狂躁动！

啊，这躁动的青春！

　　甜美生命的全部展示，

　　世界的蜜季，花的欢娱。

等等，仔细看看这新的——

自己多姿多彩的土地，

　　全部都变得渺小——

　　变成时间精巧的通风孔道。

那无形舞蹈^①谁能看见，

啊，这就是青春的心愿！

啊，这躁动的青春！

十二

你眼睛的童年！

　　当你玩着幼年的游戏，

　　心里想的是游戏的乐趣，

　　笑着笑着便灰心丧气，

　　啊，生活就是这样逝去。

你眼睛的童年！

　　在盎然春日带着伙伴，

　　四处优游，竟日闲逛，

　　处处回响欢乐的声浪，

---

① 舞蹈暗指湿婆的舞蹈，代表世界的律动。

兴奋惊喜，春风荡漾。

你眼睛的童年！
　　家中王子，温情关爱，
　　走路，跌倒，疲劳，失败，
　　浑身在雨露中浸透，
　　生活在蜜汁中摇摆。

你眼睛的童年！
　　如今谁能永久年少——
　　沉迷戏耍依旧逍遥——
　　简单直接的亲情关系——
　　如今依然是我的依靠？

你眼睛的童年！

十三

现在醒来吧，生活的黎明！
　　露珠布满了大地
　　是雪片化成的伤心泪
　　红色身躯的黎明女神来收集。

现在醒来吧，生活的黎明！

眼睛的黑色眸子①——

都在光束中闭上，

吹拂起宜人的春风。

现在醒来吧，生活的黎明！

收拾起夜女神的羞涩，

从鸟鸣声中起身会见——

吹动红霞衣襟的春风。

现在醒来吧，生活的黎明！

十四

柔嫩鲜花的美妙夜晚！

夜荷的快乐初绽，

欢笑着没有污染，

呼吸是春风姗姗。

柔嫩鲜花的美妙夜晚！

永远是羞怯的花苞，

芳香面纱遮住容颜，

春风抖动悄悄拂面。

柔嫩鲜花的美妙夜晚！

_____

① 印地文和梵文中，"眸子"和"星星"是同一个词，tara。这里指黎明时星星隐去，如天空闭上双眸。

星宿的冠冕簇簇点点，

是松懈笑容闪亮的网，

四射的光线从中漏洒。

柔嫩鲜花的美妙夜晚！

多少小小花蕾急于开放，

落下寒冷清香的水滴，

睡了，世界那快乐兴奋的躯体。

十五

多少天，在生活的海洋中——

受到不安的风的鼓动，

水波亲吻过岸边离去，

起起伏伏走走停停，

将在行进中创建美丽。

有多少美妙的旋律和声音——

带着长期积累的歌调，

要唱柔美和声，却被取消！

无限期的疯狂，道路遥遥。

太阳照耀寒星的花瓣，

镜子般的胸膛明洁无暇，

想绘画，跃跃欲试，

在希望的甜蜜时期。

十六

那些天是多么美好！
当雨季下着痛快的大雨——
那些眼睛里充满幻影！

彩虹染就新的云团，
　　地平线上辽阔的长天，
　　　　相会接吻的甜蜜双唇
　　　　　　是河川褐色的岸边。

生命气息，杜鹃的叫声里
　　降下一片绿意；
　　　　从春藤的幼芽滴下汁液，
　　　　　　令人不安的醉人香气。

当闪电画着图画，
　　在黑云的画板上飘洒，
　　　　在我的生活记忆中，
　　　　　　那些景象美若鲜花。

十七

进入我的眼瞳
　　你变成了我的生命！

像一下下的脉动，

像心中的旃檀香风，

仁慈的新的祝福——

去倾听吧，生活的歌声！

牵动唇吻的曲线——

　　上面刻着蜜的账单

　　这世界会看到它，

　　保持着吧，那微笑的图画！

十八

在世界潮湿漆黑的夜晚，

　　去显示满月般的面庞吧。

在心的黑暗口袋里，

　　来乞讨一线光明吧。

在生命的急切呼唤中，

　　请稍稍停顿一刻。

在爱情之笛的声波里，

　　去倾听生活之歌。

让爱抚拥抱的藤蔓——

　　形成簇簇的阴凉，

让生活的资本

把这燃烧的世界变成沃林达林 ①。

十九

大地裙幅的边缘
这四处分布的是什么颗粒？
水珠像孩子活泼玩耍
在莲花瓣上。

在渴望和失望中摇摆，
在痛苦和幸福中心焦，
难道这就是人的生活？
有谁会变得更好？

两个粒子去相会，
引力变成了亲吻。
嫩叶的毛细管中，
奇妙的细流涌动。

不停抖动的新叶，
这一切是多么纷纭？
无数涓滴汇成大海，
这严肃的游戏何时停顿？

---

① 沃林达林，印度神话传说中的树林，少年黑天曾在那里度过快乐的少年时期。

那么为什么，这一切怎么了？
为什么红色里充满怒焰？
让晶莹的泪珠从眼睛
滚落到大地裙幅的边缘。

二十

一夜醒着未闭眼！
似乎世界的一切都睡去，
没有对旅途干粮的欲望，
似乎什么事情也不发生！

绿野上的道路似乎睡去，
树枝上的花朵似乎睡去，
慵懒困倦的星座
　　　一团团也似乎睡去。

无声的宁静保持沉默，
悄悄地从嫩叶上滑落，
旅途的行人也许太累
　　　在春风里安卧。

胸膛里藏着的心——
也许带着缺憾——
他们梦想的清晨
　　　也许会实现！

二十一

满足于苦痛的干渴喉咙，
是哪个穷人的极度苦痛？
这等于受到莫大的蔑视，
一遍遍地颤抖着声音，
　　轻轻地发出了喊声——
　　我从未得到过爱情。

像海浪一样相互拥抱，
每日起起伏伏全然无效。
水的丰富无可限量，
他凝视着一滴滴水珠，
　　轻轻地发出了喊声——
　　我从未得到过爱情。

他瞥一眼残忍的大地，
盼望得到一丝笑容，
光天化日下的全部作为，
都变成温柔光洁的业行。
　　轻轻地发出了喊声——
　　我从未得到过爱情。

当黎明女神的曲调传颂，
醒来的是他的苦行。

欺骗，伤痛，仇恨，贪欲，

混合着散落在黑暗中。

　　轻轻地发出了喊声——

　　我从未得到过爱情。

长满蓓蕾的稀疏枝条

滴下许多芳香的汁液。

在失望的毒素中昏厥，

一次次用尖刺刺醒，

　　轻轻地发出了喊声——

　　我从未得到过爱情。

生活的黑夜里，一轮皎月，

却未尝得到亢宿①的一滴

心的贝壳里怎能变出珍珠？

付诸流水的十万次努力。

　　轻轻地发出了喊声——

　　我从未得到过爱情。

疯子啊，何时才能得到？

全部都曾给过他，

数着这滴滴泪珠，

这世界是发放贷款的，

----

① 亢宿（Svati），二十八宿之一，在印度民间被认为是吉祥星宿。传说，遮多迦鸟（cataka，一种杜鹃）喝亢宿的雨水，其水滴到贝壳里会变成珍珠。

你为何要再次呼喊——

我从未得到过爱情？

二十二

黑色眼睛里的黑暗

现在越过了障碍，

乘着酒兴的艺术家

将远端的地平线展开——

　　这图画，用春天的颜色吧，

　　其中只有爱，爱！

只有月光浅笑的夜晚，

星星的微光显现体态，

蜜蜂侵袭花朵后走开。

春风，悄悄地到来，

　　梦的乌云的宠爱，

　　将数滴雨露带来。

焦急如同浪花兴起，

你要把甜蜜忧伤的空无割开，

像干枯树叶一样的痛苦承载，

　　项链在胸前晃动着，

　　傻子，再叫喊爱，爱！

二十三

哎，你们在哪里见过

有什么人爱过我？

我的眼睛里还有东西

有谁把它变成眼泪滴落？

在空空的天界点起火，

这金子般的心融化了；

给生活的黄昏沐浴过，

有谁填满大海的沟壑？

在黑夜小小的污点里，

在酷热夏天的树林里，

在洒落的浓重月光里

隐藏着，有谁怕过我？

在自己残酷的游戏里，

幸福的美梦一直在做，

他今天为何开始发抖，

看见有人死于沉默？

二十四

那月亮般美好光彩形象，

　　不要让我看见。

那洁净清凉的影象，

　　使人洒下雪片。

世界成为白日梦

　　　没有人来唤醒，

我生活的幸福黑夜

　　　走走停停。

是的，这些逝去的时刻，

　　　没有什么将留下来？

不能在银河里休息，

　　　只有不停地向前行。

让我的爱情扩散开，

　　　随着空中新的鸟鸣。

走到空虚的黑暗中，

　　　变成光线再来吧。

二十五

哎，来到了，遗忘了的——

　　　醉人的季节，这两天，

让我造一个小小茅棚吧，

　　　为了新的痛苦女伴！

大地在下天在上，

　　　愿它是最特别的栖息地，

荒凉土地的古老秋季，

　　　跑开吧，干燥的火气！

嫩叶因希望而抖动，

蓓蕾一定会吃惊，

我这嫩叶的小小命运是

啊，谁将把它看轻？

将战战兢兢地来临，

一波波摩罗耶的熏风，

亲吻了，唤醒了，

玛纳斯湖①的莲花眼睛。

玫瑰花般朝霞将绽放

在我小小的东方，

她那带笑的红唇

白天的歌将色彩缤纷。

越过黑暗的海洋，

前头会出现月光，

颗粒在天空中抛撒，

夜晚甜蜜的霜花，

在这孤独的创造中，

谁也别设置障碍，

把那些许的自身美好，

给予它们吧。

二十六

你毫无顾忌地踢开

我装蜂蜜的破杯，

---

① 玛纳斯湖（manas），相传在喜马拉雅山上湿婆大神驻地旁边，印度教徒心目中的
圣湖。

他干枯的嘴唇祈求

　　　你脚上的尊贵。

生活的汁液还有残滴

　　　变成眼泪洒向天际，

正是它给了雨季的浓云，

　　　给了大地的这片葱绿。

无情的心里一阵痛楚？

　　　睡着了是第一件错误？

哎，那哀伤的杜鹃叫起来

　　　叫着，为那树枝的干枯？

渴望生命的醉迷者，

　　　哦，从暴风雨里走来者！

流溢和忘却的杯子，

　　　为了抹掉思想和行为。

二十七

　　　啊，玛纳斯湖的深度！

你睡着，多么平和、清凉——

如满载水分的云那么安详——

光洁的新镜，蓝宝石平面，

啊，永久的生机，清澈透明——

　　　这世界生成，是你的倒影！

你倦怠的液态不停流动，

喝下了毒药①却依然清醒。

快乐的波澜，起伏自然，

小小的稀疏波纹美妙非凡。

　　你笑，是生活的弘美大观！

笑，让星星们闪烁着眼睛，

笑，让所有鲜花开在丛间，

笑，让花蜜洒出滴滴点点，

　　让一切说"来了，望日的夜晚！"

笑吧，恐惧情爱战争哀伤，

笑吧，盖上青色石板死亡，

笑吧，这生命的小小瞬间，

给了·最后的亲吻蜜滴——

　　船夫以往的摆渡钱！

二十八

在甜美的春天夜晚，

艳红的太阳落山。

从簇簇鲜花的稀疏枝头，

掠过匆匆而去的气流。

在充满爱的青色天空，

夜莺焦急不安地啼鸣。

有人跳舞不小心滑倒，

是风支撑起她的腰。

_____

① 据印度神话传说，众神和阿修罗一起搅乳海，从乳海中搅出甘露（不死药）、毒药和众多宝物，湿婆大神为拯救众生，自己喝下毒药。

那么为何你的眼睛里，

会充满失望的泪水？

而且，这样空洞的遐想，

谁也不能通过？

受骗了！这是谁的——

过去的无谓想象的结果？

某人眼睛的黑色夜晚，

曾经得以休息片刻？

是什么发出丁丁的声响，

那些记忆之光断了的线索。

空寥天空里的声浪

四方扩散，形成蜜的海洋？

当星座那闪烁的毫光

戏耍着在天空出现，

那么，莲花般的灿烂黄昏

为何会感到失望？

二十九

此刻太空里睡着，

　　黎明之神——漂亮女郎。

啊，东方的酒店，

　　此刻还没有开张。

　　星星睡着，兴奋的汗毛舒展，

阵风送来白檀的清香。

伸个懒腰，巢中小鸟，
纾解倦意，体态轻扬。

夜女神抛下，
　　打蔫的花环，
哎，讨饭的人啊，
　　你出发了，拿着破碗。

你的叫声响起：
　　"随便给点东西，
　　　　慷慨地施舍几粒，
　　　　　赢得你的好名誉。"

迈着苦乐两个步伐，
　　肩扛双重重压。
你生活里白天的路，
　　不得不在夜间行走。

穷苦的人啊，你前行，
　　别喊那可怜的叫声，
睡觉的人醒过来，
　　去做自己幸福的梦。

三十

阿育王①的苦闷

燃烧着，这生命的飞蛾！

　　生命几何？刹那的蹉跎。

　　飞蛾成群，点点飘落。

　　渴望化成火焰，

　　将青春染作红色。

　　　　为何不激发燃烧的狂热？

今天高高的摩揭陀人头颅——

因战败而滚落脚下。

恸哭声再次从远方传来，

为何声震云霄——

　　打碎了胜利者的骄傲？

从这些嗜血的刀剑，

从它们锐利的刀锋，

从残忍的杀戮中，

在屠杀者的呼喊声中，

　　羯陵伽今天低下了头。

---

① 阿育王（Asoka，约公元前304~前232年），又译无忧王，印度孔雀王朝第三代帝王。早年杀兄弟即位，实行残暴统治，曾征服羯陵伽（今印度奥里萨邦南部地区），有10万人被杀，15万人被掳。后悔恨而皈依佛教，放弃暴力，成为印度历史上最伟大的帝王之一。

这江山是怎样坐稳？
统治啊，唯有人心！
把大山变成一根稻草——
　　举重若轻。
乌云岂能长久——
　　随即是日月之光交映。

这欺骗的魔鬼——
喝下迷魂的酒浆——
会发出可怕的声响。
给生命以幸福，人类战争
　　胜败都是恶行。

谁会给出指示：
王冠会轻易落地，
胜利花环容易枯萎，
唱出死亡的歌曲——
　　心灵不会跳舞庆祝。

繁华如同一个酒馆，
这世界正变得疯癫，
已踉踉跄跄的醉鬼，
杯中酒依然满满，
　　风流云散，顷刻之间。

在黑黑的卷发中，
在醉后低垂的眼帘，
在珍珠宝石的光环，
在幸福酒杯的渴望中，
　　看到了刹那幻灭的波澜。

而在无人的节庆彩棚，
花环松弛，脚铃息声。
侍酒女郎睡去，
酒杯落地成空，
　　没有了丝竹的奏鸣。

在这郁悒的深色蓝天，
幸福如乌云里的闪电，
久别后的相会短暂，
这沙漠的海市蜃楼，
　　心鹿跳荡难安。

满眼的泪水成串，
顷刻间泪流成川。
一切都是自身忧烦，
睁开了干涩的眼睑，
　　时间之剑不会空悬。

这个灵魂痛苦不安，
无知的舞蹈源自痛感，
这是毁灭边缘上的颤抖，
伪装的改变——
　　本来就丑陋不堪。

慈悲唱着赞歌，
空气不停流淌，
朝霞显现忧伤，
变得脸色发黄，
　　变成黄昏的漂亮。

光的细线来了，
拉动丝的细绳，
眼瞳稍稍转动，
躲藏进黑幕中，
　　鸟儿唱罢进入梦境。

当相会只是一瞬，
继而是长别的艰忍。
花开只在一个早晨，
继而干枯融进泥尘，
　　那么花朵何必颜色新？

世界受伤的脚步啊，

走起路晃晃摇摇。

你像是涂抹了香膏，

柔软的花瓣散落在道，

　　甘美的蜜汁被蜜蜂喝掉。

爆炒的大地，烘烤的山峦，

有生命和无生命的都是苦难。

步步障碍，举步维艰，

沙土路像燃烧了一般，

　　流动吧，变成慈悲的波澜。

燃烧着，这生命的飞蛾！

三十一

舍尔·辛格[①] 放下武器

"拿去吧，这是枪炮，

一直抓在手中的自豪，

现在，

未剩下一丝一毫。

狮中之宝啊，

旁遮普活生生的羞恼。

看今天的狮群，

拔掉了自己的坚牙利爪！"

---

① 舍尔·辛格，活跃于19世纪中期的锡克人首领。曾于1848年9月至1849年3月间统帅锡克人的军队同英国殖民主义者进行了英勇战斗，最后失败而放下武器。

"啊，女中的斗士，

锡克人的刚勇，生命的沉重！

饮下你的乳汁，

卡比沙河 ① 泛起深红。

猖狂偏颇的法律，做奴隶们的惊恐——

快逃脱，诡计多端者的掌控。"

"啊，难道那是你最后的痛？

大炮的炮口对准了，

惊恐万状的女童。

昨天的胜利者，今日失败者，

你的舞蹈，

在他们战斗英雄的手中，

像阎王的舌头，

在弯曲扭动！

你站起，

恐怖不停地扩散，

惊恐失望的眼睛

看到压迫的凶残——

寡妇怎能奢望儿子的眷恋，

喊叫起来，生命气息中

---

① 卡比沙河，印度古代西北方的一条河流，今已不存，其地与古代地名"迦毕试"（今阿富汗北部）有关。卡比沙又有"深红"的意思。

更是加倍的苦痛。

这祖国的大地，

遭受着蹂躏和割裂的屈辱，

呻吟着，

怎样才能止息？"

"今天是你们的胜利，

是我们的失败，

你们会这样说，

历史也会这样记载。

但这备受赞誉的胜利，

却是良心的欺骗。

旁遮普英雄的土地，

从来不乏英雄的豪气。

在那里，

木头会变成炮弹，

面粉会变成炸药。

背上防刀剑的撕咬，

胸前有火焰在燃烧，

战斗全凭血肉之躯，

那其实是死神的胜利！

萨特累季河岸边，

想必你们已经看见，

夏姆·辛格①之死，

如一尊老英雄的雕像，

在返回的道路上，

阴谋者破坏了桥梁。

造物主用左手写下命运②，

陷阱，吞食了力量，

力量，充满了无奈的沮丧。

从外来者手中夺取独立，

旁遮普进行着青春的游戏，

在没有温情的欲望阴影中，

我们仍然战斗，赌上性命。

数百次的战斗，

萨特累季河可以见证。

她说：锡克人活着，

有保卫独立的觉悟。

他们懂得生，也不惧怕死。

他们往昔的英雄之歌，

始终伴随着胜利，

可是今天，

却遭到失败！”

---

① 夏姆·辛格（Sham Singh，？~1846），锡克人将军，在第一次英国–锡克战争
（1845.12~1846.2）中英勇战死。

② 用左手写下命运，意思是厄运。

"'沸腾的热血啊',

澎湃的心脏,

力大无穷的战士臂膀,

掷出杀敌的标枪。

把炮弹当作玩具,

把火当作游戏,

抬头挺胸,

在血河中游泳。

英雄的旁遮普——

祖国的好儿男,

已经长眠。

他们被老奸巨猾击败,

在充满欺骗的祭坛上,

都已经长眠。

他们的眼睛,

曾经是那么美好,

充满希望和青春的激情。

离开了妻子或情人的拥抱,

离开母亲充满乳汁的怀抱,

如今已经长眠。

五河流域旁遮普,

变得空空如也。

今天，我不乞讨，

不向这些人乞讨。

因为，人作为食品，

自有末日之神守护。

旁遮普的雄狮，

英勇的兰吉特·辛格①，

今天已经死去，

旁遮普还沉睡在

对他的哀悼之中。

拿起这把剑，

拿起这份遗产。"

三十二

贝舒拉② 的回声③

慈悲的绯红色倒影！

那火球，无尘无烟。

在稀少的变动中，

不停歇地滚动向前。

今天，像疲惫的劳动者，

在西方天空孤独地高悬。

① 兰吉特·辛格（1780~1839），旁遮普锡克人国家的缔造者，国王。

② 贝舒拉，拉贾斯坦邦乌代普尔市的一个人工湖，修建于 14 世纪中期。贝舒拉一词是北大印地语专业硕士毕业生贾岩同学帮助查到的，特此鸣谢。

③ 这是一首怀古诗。印度中世纪，梅瓦尔王国（今拉贾斯坦邦一带）国王普拉塔普·辛格（1540~1597）曾与莫卧儿帝国的军队作战，在国都失陷后仍坚持艰苦转战，并不断收复失地，表现出不畏强敌的大无畏精神，成为拉吉普特人的骄傲。

带着世界的祭品，

不停地向前，

永恒的一千只手臂间，

放射出强大的光焰，

像乌檀花一样，

光辉璀璨。

在浓浓的交映中，

贝舒拉波光潋滟。

岸边的林木，

像画廊中飘逸的长卷；

小屋林立，

精工织成的印痕，哀伤凄婉。

当土色的云朵飘散，

苍穹显得荒无人烟，

那朵朵的阴云，

像黄昏女神的吉祥点。

战鼓声呢，凝固了，

号角声呢，已默然，

宇宙间依然传来——

阵阵呼喊：

"谁来背负这重压？

谁会毫不动摇？

这柔弱的骨头和肉体，

经过金刚的考验，铁的锻造，

劫火的宝剑，

砥砺得毫光万道。

被打碎的髑髅丛中，

是谁在哈哈大笑？

秘密修炼之后，扬起灰尘，

发出怎样兴奋的呼啸？

谁来背负这重压？

谁还活着？

有谁还在呼吸？

有谁高高挺胸？

有我！有我！

在梅瓦尔，谁的头颅，

像阿拉瓦里山脉①一样高耸？

说吧，随便谁说，

难道你们都是死人？

啊，这航行，

谁来掌舵，

---

① 阿拉瓦里山脉，在拉贾斯坦境内。

在这暴风骤雨中？

漆黑的岸，命运之水在上涨，

没有星宿的牵引，

只有焦虑恐慌！

时间的船夫，在宇宙中，

把它拉走。

呼吸，像旅人，

在一个希望中滞留。

贝舒拉的今天，

依旧挣扎在罗网间，

那声音轰鸣回环，

依旧是焦虑不安。

可是，那声音在哪里？

普拉塔普自豪的躯体，

依旧魔幻般存在，

那就是梅瓦尔！

然而今天，

回声何在？"

三十三

洪水 ① 的阴影 ②

失望生活的黄昏，

精疲力尽的一天，

今天依然在，

尘土飞扬的地平线！

还有那一天，

在荒无人迹的海岸，

向多彩迷人的黄昏，

学会了芳香四溢的狂欢。

远方的笛声悠扬，

来自渔夫们的小船。

我那青春藤蔓的花蕾上，

洒落夜晚的青色光线，

那光线挑逗着青春，

① 洪水，指世界末日的灭顶之灾。

② 这首诗是在历史事件基础上写成的，以德里苏丹国时期阿拉乌丁（又作阿拉 - 乌德 - 丁·哈尔吉，1296~1316 年在位）对古吉拉特和梅瓦尔的征服为背景。阿拉乌丁是德里苏丹国第二个王朝——哈尔吉王朝（1290~1320）的第二任苏丹，1296 年杀死岳父即位，1297 年派兵征服和劫掠古吉拉特的印度教王国，至 1299 年征服了古吉拉特全境。其间，国王卡尔纳·德瓦二世带着女儿逃亡南印度，王后卡玛拉·黛维被苏丹的军队俘获，并带到德里，后来成为阿拉乌丁的妻子。1303 年，阿拉德丁又派兵攻打梅瓦尔的奇托尔要塞，传说是因为他迷恋上国王美丽的王后帕德米妮。奇托尔城被攻陷前夕，王后以及数千名妇女集体自焚，成为印度历史上著名的惨烈事件。1306~1313 年，阿拉马丁派副王卡富尔 4 次远征南印度，使德里苏丹国的版图扩大到全印度。阿拉乌丁在位期间，德里苏丹国的势力达到顶点。诗中的"我"即卡玛拉·黛维。诗人细致地刻画了她的心理活动，演绎了那段血雨腥风的历史。

在翻译这首长诗的过程中，曾就几个疑难问题向印度友人卡马尔·希尔博士请教，并得到圆满解答，特此致谢！

让它绽开笑颜。

疯了的我，像香獐一样，

陶醉于自身的芬芳。

西方的海上，

我青色卷发一样的水波，

高高涌起，来亲吻我，

还有风的喘息，轻轻抚摸。

舞蹈的厅堂里，

是童年的活泼，

仿佛远去，跑着，笑着。

而我的脚，

却因为蜜的重负止步不前。

无形的少女们欢笑在天边，

看着我，低下头，

我在欢愉的游戏里，甜蜜加冕。

全古吉拉特的期盼，

都聚集起，

在我这身体的藤蔓里，

眼睑因甜蜜的重负而低垂。

天国乐园的千百仙女，

披着灿烂如花的长发，

像散发着香气的雕像，

过来亲吻我的红唇，

绽出不由自主的微笑。

熟悉的脚铃声，

悦耳的丁丁声，

涂抹在脚掌的颜料，

像天边的一抹殷红。

畅饮全天际的黄昏乐曲，

该有多么醉迷？

听着快乐夜晚的爱情故事，

渐有睡意来袭。

而其中的期盼和向往，

温柔甜蜜的美好愿望，

都化作生命中的欢乐，

那是人生的第一杯酒浆。

睁开眼，我看见，

脚前是世界的繁荣，累积如山。

就在那里，还有谦卑的

瞿折罗①的国王们。

那是一个黄昏。

黑夜，

那曼妙女郎，

是造物主的杰作；

镶着星星的蓝色天幕，

---

① 瞿折罗，古吉拉特的古称。

是她的衣裳。

在整个的天穹，

渴望的宝石在闪烁，

发出欢笑，放出光芒，

激动不安，又娇美异常。

在这甜蜜的黑夜，

河水慢慢流淌。

醉人的季风吹拂着，

夹带着花朵的蜜滴。

绿色河滩伸展腰肢，

在月光的裙幅里。

星星们窥视着我，

像窥探造物主的秘密。

成百朵的莲花，

使毛孔里充满香气，

使气流美妙地四溢。

爱神的月光，

照射到月长石^①上，

那温情便熔化到我的身上。

这心便是全部爱的捐赠，

瞿折罗王铺下地毯，

给予盛情欢迎。

爱神的月光在浮动。

———————

① 月长石，印度传说中的一种宝石，能在月光中熔化。

那水波是我腰肢伸展，
品尝着花蜜的甘甜。

我的脸，如莲花半开半闭，
多么幸福，什么样的福祉？
如芬芳的枝条上，
开放着金色茉莉，
在瞿折罗的根底，
我浇灌下蜜雨。

还有那骤然事变！
客观法则的舞女，
突然来到天空，
排起黑云的长列，
使天际的帷幕运动，
闪电的游戏，
是她的眉头在耸动。

在圣洁的湖里，
进行了祭祀结束的沐浴，
祭祀的全部祭品，
是自我的荣誉。
听到了——

帕德米妮被烧死那天 ①，

响起了——

贞洁的神圣灵魂，

那自豪功德的颂歌，

传遍了——

印度的各个角落。

那一天，

妇女的责任提高，

妇女的地位更重要。

骄傲梅瓦尔的神圣牺牲，

无比非凡，无比震惊，

擦亮了所有人的眼睛。

姑娘和媳妇们都开始思索，

自己生活的未来要从头来过。

就在那一天，

有毒的依附开始被揭穿。

神庙里哑然的钟声，

从贫困的暗示中受到讥讽，

从充满羞耻的睡眠中清醒。

我是卡玛拉·黛维，

---

　　① 帕德米妮被烧死发生在 1303 年，而卡玛拉·黛维被俘于 1297 年。诗人在这里有意
无意地颠倒了时间顺序，突出了卡玛拉·黛维的心理矛盾。

美丽的古吉拉特的王妃。

我曾这样想过，
帕德米妮烧死了，
但我将把火点燃，
如森林中的烈火，
要烧死其中的苏丹。
看到的却是，
那熊熊燃烧的火，
违背了自己的意愿，
而我活着！

啊，她有怎样的勇气？
那是美丽外表的勇气？
帕德米妮的外在形象，
哪怕是卑微的，
在我这如模子里浇铸出的身体面前，
哪怕是微不足道的，
看了帕德米妮蓓蕾般的圣洁图画，
同她比较，
我懂得了这样的道理，
画师的画笔尽管夸张，
却仍然有所缺失，
是的，心在哪里？
画像是那么宏丽，

却有自己的缺失，

一颗自尊的心走了，

渺小也随之离去。

这就是比较衡量的意义。

演出开始了，

在阿尼哈尔瓦拉①的王宫，

如大神转动了轮宝，

在一向对美的尊奉中，

随着我的手势，

瞿折罗王跳起舞蹈。

女人的眼神，

那自然界三德②的凝结，

有谁能抵御住这迷惑？

有谁的耐心不被消磨？

那就是我的武器。

今天，一个飞来横祸，

活着吧，独立呼吸的瞿折罗。

可是，苏丹的怒火烧起来，

成为熊熊大火，

烧毁了古吉拉特的，

绿油油的开满花的树林。

---

① 阿尼哈尔瓦拉，又作安·哈拉瓦拉，8 世纪时曾是瞿折罗王国的首府，在今古吉拉特邦北部。

② 三德（triguna），印度古典哲学范畴，指构成世界的三种精神要素：喜、忧、暗。

儿童的凄惨喊叫，

老人的伤心话语，

美女的哭泣，

成为可怕的乐曲，

如湿婆的世界末日之舞，

在瞿折罗跳起。

在活着的娱乐中欢笑，

被绞死，我也是那个国家的财富。

我就是那个卡玛拉！

看着结发的妻子在战场，

我英雄的丈夫多么满意，

障碍、阻挠、困苦，

都显得微不足道。

他看着我笑了，

我也笑着。

但是，伪装中能有多少力量？

当故国没有剩下一点资源，

就不得不放弃，

流浪异邦。

我们俩在寻求庇护，

前面却是厄运接踵。

那是一个中午，

热风的烘烤，干渴的燃烧。

我们俩疲惫地睡在树阴下，

突厥人的小队袭来，

如迅猛的风暴。

我的瞿折罗王，

今天有什么脸说？

真正的拉吉普特人，

他挥起宝剑，

我就在那里观看；

来来回回，

他越走越远，

我成了囚犯。

啊，命运啊！

在那光天化日下，

光线中，帕德米妮的形象，

在嘲笑和讥讽。

在刹那间，

我被投入诱惑的迷网，

到今天还被诱惑左右。

今天我在想，

好像帕德米妮在说：

"跟着我走。"

我未能理解和接受。

帕德米妮的失误，

是没有解释清楚。

成为母狮子般骄傲的偶像，

面对苏丹，

抱定必死的坚定信念。

面对尊严，

我说过，要挺胸面对：

"来吧，我是卡玛拉，

瞿折罗的王后。"

啊，我奇怪的心理活动，

是多么让你嘲笑？

我有不同的想法，

是因为个人容貌。

这容貌，

我的突厥丈夫也看到，

既看到这美，也看到这死，

美和死，

多么伟大，又多么稀少？

囚徒的我坐着，

眼看着德里多么繁华娱乐！

这骄奢淫逸的宠爱，

残暴的爱——

像欺骗一样装潢在黄昏，

黑幕降临，

夜晚又随之而来。

星星排列如稀疏的牙齿，

好像在开口大笑，

笑声传自遥远的天穹，

在消失于自己的喧闹。

我有时想为丈夫报仇，

有时又感到自己的美貌，

刹那间，又想把这美感唤醒，

只有在苏丹那冷酷的心中，

我是个女人！

多么柔弱，

外表的美丽！

有时鼓起勇气，

如热流奋激，

但微弱的我，

勇气又像草芥般，

被水流冲去。

我在各种想法中游移！

由于我的形体，

我的敌意常被轻视。

多少个月来，

今天将证明，

我就像浪花，起伏不平。

空前的奇迹！

在自己的骄矜中，

一个美的愿望迅疾如风，

在苏丹跟前，

鞑靼女仆想让我屈从，

让我跪下双膝，

可是，我意志坚定。

镶嵌宝石的剑鞘里，

短剑冰冷。

为了在我的胸口饮血，

它却突闪光明。

但是，它被夺了去，

我无奈之余蜷缩着，

像绳子一样被拧紧，

急于在屈辱的火焰中烧死，

就在那里结束生命。

我的激动，

又渐渐平复，

那一刻，我想躲避死神，

"活着是幸运的，

生命是宝贵的。"

仿佛四周都是贪婪的乞丐，

乞讨着生命的点点滴滴，

活着就有希望，

生命值得吝惜。

穷途末路之人，

在煎熬中哭泣：

"生命具有永恒价值，

谁有毁坏它的权利？"

有限生命的雕像多么美，

我把它藏在胸臆。

世界上的一切，

都在乞讨美丽。

林中花朵张开花瓣，

乞讨生命的露滴；

大海也像在哭泣，

像年迈的乞丐每天祈求，

让生命之水甜蜜地汇流；

向着世界的黑暗，

在黎明中请求：

"让生命充满金色的光亮，

生命可爱惜，活着是幸运。"

我哭泣，

说着怨怒的话语：

"你为什么不杀死我？

我承认，你是强大的苏丹，

我只是个阶下囚。

国家不存，

难道我人性泯灭，

贫乏得一无所有？"

由于惊恐，嗓子说不出话，

力量的代表，是那个骄傲的苏丹。

耳边听到温和的声音：

"在我看，死对于印度女人，

是一首道德颂歌。

王后，你是俘虏，

请听我的请求，

帕德米妮已经失去，

我不能失去你！

你将掌控我的残暴，

用自己的温柔，

像玛纳斯湖一样甜美！

今天这激烈的暴风雨，

你用不着听，也用不着想，

只管呆着休息。"

速度极快，

我甚至不知道，

苏丹何时离开。

从那时起，

这座辉煌的王宫，

成了我金色的鸟笼。

一天，黄昏，

我的心，

沮丧得像蒙上了灰尘，

四面八方，

笼罩着恐慌、愤恨。

亚穆纳河平静地缓缓流淌，

流淌着悲悯，沮丧的悲悯，

不停地流淌，

像是精疲力尽。

我坐着，看着黑色的画板，

突然大吃一惊，瞠目结舌。

面前，

童年时的仆人马尼克 ①，

突然出现，

西海岸的那个美好少年，

现在变成了青年，

被拉到我充满痛苦的眼前。

小时候我就和他结下友谊，

讲可笑的故事，大闹嬉戏。

我说：

"你怎么那么不幸，

到这里来寻死？"

"不是寻死，这里有活的希望。

我来了，王后，

难道我不该来这里？"

说完，他沉默了。

鞑靼女仆们在那里，

一只手上拿着刀，

---

① 马尼克（Manik），指卡富尔（？～1316）。本是古吉拉特王宫里的太监，1297 年被俘，并被带到德里，从此皈依伊斯兰教并表示效忠阿拉乌丁。很快就成为阿拉乌丁的宠臣，1307 年被任命为副王，参与多次远征南方的战役。在阿拉乌丁晚年独揽大权。1316 年阿拉乌丁死时，他篡改遗嘱，拥立幼主，自任摄政，残害三个成年王子。因作恶多端不得人心，仅摄政 35 天，即被阿拉乌丁的侍从们刺杀。

另一只手抓住他的手臂。

忽然，苏丹也出现了，

在自尊的虚幻中，我沉默无语。

"处死他！"

像一声惊雷，

马尼克将死去！

我的耳边响起：

"生命宝贵，活着是幸运。"

我有些自傲地直起腰，

又弯下腰，用谦卑的声音，

脱口说道：

"请放了他。"

苏丹笑了。

而我是唯一的，

被束缚在羞愧的群山里。

此刻，有什么办法收回请求？

压抑着他的宠爱，

苏丹说：

"让他走吧，

这是王后的第一道命令。"

唉，心啊，你得到一分钱，

把生命的宝库出卖了，

希望用手去抓住天空，

却把头颅放进了地狱。

贪婪、欲望，隐藏在缺乏中，

生命的贫乏处于依附中，

它们滋生起来，

在无知的生命中。

渐渐地沉醉，

在黑色的眼影里，

隐藏在红颜里，

先是求生的意识，

然后是报仇的意识。

可是，不知从何时起，

欲望拉着我的知觉，

进入夜晚的深深黑暗中。

突然像星星一样醒来，

承认软弱无力的支撑，

在生活的土地上，

我像过去一样站起。

无处不在的诱惑，

我得承认那是真实。

怀着统治的渴望，

像醉酒女人摇摇晃晃。

那一刻，情感的转变，

有多么不可抵抗？

瞿折罗王——

卡尔纳·德瓦还活在世上！

竟给我传来信息：

"你要立即结束，

生命的游戏。"

像渴望半途而废，

不能使生命回到从前，

是的，只能自己苟活世间。

在自己的希望中，

为什么没有了全部光线？

我是个女囚，

生命的渴望怎能再次得救？

我的爱在哪里？

我的内心，

是多么纯洁的爱。

马尼克说，让我去死，

可美貌使我成为，

古吉拉特的王妃。

今天，就是这美貌鼓励着我，

去争取印度至尊的地位。

我渴望实现复仇，

我还在想，

今天我是胜利者，

将常胜的苏丹踩在脚下。

黑色沉香的灯芯，

烧尽在荣耀的金钵，

剩下的只是，

淡淡香灰的轮廓。

在那神庙的穹顶，

是不变的颜色，

微弱的香气，

是孤独无助的我。

但我认为，

这就是我的生活。

这是爱，这是赠礼，

是我外表的美丽。

宝石脚铃声声，

乐器奏起，

这个美的娱乐厅里，

世界在庆祝，

荣光的盛大节日。

今天的胜利者，

是外表的美丽，

而帝国则是，

残忍暴行的标志。

托形象美丽的福，

仇恨得以重新审视。

其中，高傲斜视着红颜，

成为全世界爱情的讽刺。

因轻视而留下宠爱隐患，

生活之梦全部被毁。

当眉头皱起，

人们用看不见的字体，

书写出微笑的历史。

源自宝石香气的，

是缓缓流动的甘露之泉。

一行行的宝石，

是用花蜜浇灌，

快乐的蓝色星星，

是无数睁开的双眼。

花蕾保持平静，

寂静无声。

那些鱼的眼睛，

成为活生生的暗示①。

苏丹的统治，

从科摩林角到喜马拉雅山，

不断推进扩张，

不疲倦无阻挡，迅捷如闪电。

看到这里，

会觉得成功在望。

像美丽无形的爱神，

他时而回来，头戴王冠，

在沾血的大地上，

是表面上的凯旋。

每个人看着苏丹，

---

① 鱼眼睛的暗示，意思是要遭殃。

都用怀疑和仇视的眼光。

为了个人的耻辱，
出卖了自己，
在世界的虚幻里，
把人性的自我荣耀，
说成是真理。
生命中的某个时刻，
会有考验，
诱惑，报仇的欲念，
恐惧，愤怒的火焰，
在嫉妒的喧哗中，
根本听不见那呼喊。

我已经想过，
那个渴望权力的奴隶——
卡富尔用阴谋结果了，
垂死的苏丹阿拉乌丁。
那一天的风暴中，
是残暴的血雨腥风。
美貌的、贤慧的，
都失去了恩宠。
王族的人，
都失去了性命。
那是一个血染的黄昏。

强大固然是幸福的，

然而接下来，

障碍、阻挠、非议，

和一系列的激烈抗击，

应对中会有怎样的快乐？

我对此也感受深刻，

那只是虚假权力的迷惑。

那天，穷人帕里瓦利①听说，

终生奴②用血染的手，

亲自将王冠戴上头。

奴隶王朝③结束后，

马尼克对主子无情报复，

以胡斯鲁④的名字，

给王朝统治以肆意的惩处。

就在那一天，

我得知自己的真实处境，

我在谁的掌握中？

数百只蝎子一起进攻，

---

① 帕里瓦利，古吉拉特一个低等种姓的人。

② 终生奴，应指德里苏丹国奴隶王朝的创立者库特卜 - 乌德 - 丁·艾伯克（1206~1210年在位）。

③ 奴隶王朝（1206~1290），德里苏丹国的第一个王朝。

④ 胡斯鲁，指胡斯鲁·汗（？~1320）。本为古吉拉特王国的帕里瓦利种姓印度教徒，后皈依伊斯兰教，效忠阿拉乌丁。在卡富尔死后，阿拉乌丁第三子穆巴拉克成为摄政王，而在其摄政 64 天后即弄瞎幼弟眼睛，自立为苏丹，胡斯鲁成为他的宠臣和宰相。1320 年，胡斯鲁派人刺杀穆巴拉克，结束了哈尔吉王朝的统治。胡斯鲁篡夺王位后，屠杀和迫害贵族，重用印度教徒，为时仅 4 月余便战败被杀。

复仇的烈火熊熊。

我要来做的，

马尼克做了！

胡斯鲁做了！！

野蛮权力的龙卷风！

那个低贱的帕里瓦利，

刚刚说过：

"女人的美貌是你活着的诅咒，

其中连一点圣洁的影子都没有。

要默默压制下去，

不管有多少苦痛。

人们宣告自己的存在，

在生死流转的世界上，

盼望以暴制暴的回声！"

为所欲为的权力，

夺走多少富足、美貌，

夺走多少贤能、自豪，

今天，它们自由了，

分布四方！

可是，像一座幻塔，

正从人们的眼前消亡。

看，卡马拉瓦蒂①！

美，正像雪片一样飘落，

---

① 卡玛拉瓦蒂，即卡玛拉·黛维。

片刻间遮盖住她的生活。

她笑，欲望的骗局，

魔鬼般地潜伏着，

周围羞辱的手指向她，

讥讽着，责难着。

她带走了，

在黑暗深层，

欲望的冲动！

死亡飞蛾的黑色翅膀，

用黑暗遮盖住欲望。

失去贞洁之光的美，

已经肮脏。

如星座坠落，

下面是黑水流淌。

失败的创造睡去，

在洪水的阴影里。

迦马耶尼

第一章　忧虑

巍峨的雪山顶峰，

一个人泪水纵横，

傍着巨石的寒影，

凝视着洪水溟溟。

下面是流水，上面是冰层，

一个是液体，一个是结晶；

同属一种物质，

不知它有知觉还是无生命？

绵延千里的冰雪，

同他的心一样坚冷；

飞旋着的狂风，

击破山岩脚下的寂静。

那青年像修士一样坐着，

仿佛在众神墓前修行①；

洪峰在上下激荡，

发出撼人的悲鸣。

几株傲岸的劲松，

像青年一样沉静，

披着一身银装，

似顽石挺立不动。

他结实强悍的身体，

显示出无穷的精力；

那隆起的脉管中，

健康的血循环不息。

他虽然面带忧郁，

却充满男子汉的刚毅；

此时此景他无暇自顾，

尽管青春的甘泉流在心底。

洪水渐渐缩向天边，

大地开始显露容颜；

---

① 众神，指印度传说中的远古先民，下文同；印度密教修士常于夜半至坟地修行，据说可获得某种法力。

大树上系着他的小船，
正横卧在变干的地面。

他开始倾吐心中忧烦，
那往事充满苦痛悲酸，
大自然是他唯一听众，
似在嘲笑，并无伤感。

"像条蛇出现在丛林，
忧虑刻下第一道痕迹；
它第一次剧烈地抖动，
带来火山爆发般的恐惧。

忧虑啊，你这空虚的产儿，
我额头上的不祥之兆；
你能推动我为理想奔走，
像风在水面画出多变的线条。

我的心境被你搅闹，
像行星错乱了轨道；
你像聋子不听劝阻，
像毒素使生命衰老。

你是甜蜜的诅咒，
虽然给身心带来苦痛；

你是美好的罪孽，

像彗星挂在心房的夜空 ①。

你将把他折磨多久，

这无忧无虑民族的遗孤？

难道不朽的生命能够夭折 ② ？

你的基础牢固不可清除？

像地下埋藏着财富，

你潜进人心深处，

像乌云笼罩绿野，

你充塞着我的心界。

智慧、知识、希望、意图……

忧虑啊，你有多少名目！

然而在我心里，你却是罪恶，

走开吧，罪恶，我与你无涉！

让我安静，让我忘却吧，

我已经心灰意懒；

知觉啊，走开吧，

让无知常驻心田。

对往昔幸福的追念，

---

① 和古代中国人一样，古代印度人也以彗星的出现为不祥。
② 不朽的生命指众神，即远古先民。

使我惴惴不安；

看到眼前的痛苦，

心上便留下更多伤残。

世界的先民啊，

你们失败了，未能自存；

你们就像鱼一样，

残杀同类，毁灭自身。

暴风雨呀，日夜不停，

雷电是你迅疾的舞影；

正当诸神得意忘形，

你就报以震怒的雷霆！

诸神的傲慢使大患酿成，

上天把他们变为祭祀的牺牲；

前程啊，何其飘渺晦暗，

我便是黑暗中的一盏孤灯。

诸神哟，曾赢得何等尊严，

你们曾发出胜利的呐喊；

今天，呐喊变成颤抖的回声，

身后只落得凄凉一片。

造物主不可战胜，

你们惨败在醉梦之中；
你们是多么愚蠢，
只知在享乐的河中游泳。

你们的身体化为飞灰，
财富也付诸流水；
欢歌被海涛声溶化，
涛声无限哀婉低回。"

"诸神享尽世间豪奢，
财富多如夜空的星座；
那无边欢乐而今何在，
不知是梦境还是幻觉？

微风吹动芬芳的裙裾，
到处是众神的欢歌笑语，
生活的空气是这样醇浓，
全然没有担忧和恐惧。
无数星星像雪花晶莹闪烁，
汇进永不盈溢的迢迢银河；
众神聚集着自己的财富，
向四面八方寻欢作乐。

世界的荣耀和幸福，
由他们支配裁夺；

如大海涌起万顷波涛，

他们的福泽也决不干涸。

他们的威势炙手可热，

仿佛是太阳光芒四射；

丛林里透过它的舞姿，

七大河①装满它的颂歌。

诸神本来膂力无穷，

大自然也曾俯首纳贡；

大地在他们足下战抖，

他们可以任意西东。

我们本来都是神祇，

为所欲为，无所顾忌；

为维护世界的正常秩序，

上天突降毁灭性的暴雨。

过去了，那多情神女们的风韵，

过去了，那朝霞般奇妙的青春；

一切都过去了，

像飘忽不定的过眼烟云。

---

① 七大河是指印度河及其四大支流（基本都在今巴基斯坦境内），以及恒河和亚穆纳河。

欲望的河流不断泛滥，
掀起层层狂醉的波澜；
看它与海水融为一体，
我的心只能望洋兴叹。"

"骄奢淫逸无度，
原以为华年永驻；
受用不尽的香风蜜雨，
可如今春归何处？

消逝了，
花间拥抱，柳下爱语，
消逝了，
娓娓琴声，悠扬旋律。

再也感不到，
芳唇如何触上青春的面皮，
再也感不到，
散在腋下的纱丽如何华美。

再也听不到，
脚铃的铿锵，环佩的撞击；
再也听不到，
动人的歌声，欢快的乐曲。

再也享受不到，

馥郁的花香，盎然的春意；

再也享受不到，

那胜过狂风的放任恣睢。

再也看不到，

女神们眉飞色舞的爱情；

再也看不到，

男神们蜜蜂采蜜似的焦急。

再也闻不到，

红唇里喷出的酒气；

再也闻不到，

面额上的丹铅粉脂。

啊，消逝了，神祇们——

贪婪欲望的化身！

大水吞噬了他们的躯体，

欲火焚毁了他们的灵魂。”

“男神啊，你们鄙视一切，

你们的欲壑难填；

你们的目光无忧无虑，

如饥似渴地盯着仙女。

如今，你们的拥抱已被拆散，

爱抚已经成为梦幻；

至于那甜蜜的亲吻，

更没有谁能够胜任。

那宝石砌成的宫殿里，

从前常有和风沁人心脾；

如今变成了水族的乐园，

鱼群在里边来回游弋。

神女们的目光射向哪里，

哪里就生出蓝色的莲花，

如今下起可怕的暴雨，

滔滔洪水一望无涯。

男神们采来盛开的香花，

用它们和宝石编成花环；

如今却变成了锁链，

系在放荡的女神们胸前。

众神在享受着祭祀的牺牲，

祭火哗哗剥剥个不停；

如今四面是茫茫波涛，

祭火在水中怎么燃烧？

原来不知是谁坐在空中，

看诸神放纵便痛苦失声；

泪水变成滂沱大雨，

雨水汇成致命的洪峰。

天空中劈下凌厉的雷电，

地上的哭叫声响成一片；

无情的雷火阵阵发作，

连大地的方向也为之逆转。

四周像着火冒起浓烟，

又像是乌云升至天边；

刹那间刮起可怖的飓风，

天地都在剧烈地抖动。

太阳在浓云中暗淡无光，

慢慢消失在西方天际；

伐楼那 ① 变得怒不可遏，

黑云一层层压下大地。

五大元素 ② 联合对付诸神，

闪电一次一次来得更紧；

仿佛那永恒的力量打着火炬，

把隐藏在黑暗中的黎明搜寻。

---

① 伐楼那，印度神话中的水神。

② 五大元素，印度古代哲学范畴，指地、水、火、风、空。与中国的五行有相似之处。

雷电一直继续，
大地不停动摇，
黑沉沉的天越来越低，
仿佛要同大地拥抱。

咆哮的洪水层层波浪，
就像死神把大网撒开；
浪头就像吐信的巨蟒，
喷着白沫直奔而来。

大地下沉，地下火熊熊燃烧，
就像火山口里喷射的火苗；
四周的水围了上来，
陆地的面积逐渐减少。

暴怒的洪水波涛汹涌，
猛烈地冲击着大地；
陆地像一只大乌龟，
面对洪峰，惶恐焦急。

洪峰在迅速推进，
像是在作乐寻欢；
飓风冲向黑暗的天空，
像拥抱又像挑战。

迦马耶尼　　**089**

远处天地相连的地方，
已化为水乡泽国；
洪水开始突破最后界限，
剩下的陆地渐渐沉没。

冰雹又呼啸着纷纷落下，
所有的东西都被砸烂；
五大元素的毁灭性行动，
一直持续了很长时间。"

"我只有扁舟一叶，
既没有桨，又没有舵；
在惊涛骇浪里，
它不停地起伏颠簸。

恶浪不断袭来，
周围一片黑暗，
我不安，我失望，
任凭命运驱遣。

浊浪排空，
闪电雷鸣，
大雨如注，
仿佛世界是由水构成。

闪电来到这水的世界，
也不禁大吃一惊；
似乎海底蕴藏的大火，
被分割成一块块在哭泣。

那生活在水底的游鱼，
也惶惶不可终日；
它们的住处已经搅乱，
哪里能得到片刻舒适？

风停了，像凝固了一般，
使人感觉迟钝，呼吸艰难；
两眼一无所见，
使人焦虑不安。

星辰映在辽阔的水面上，
像泛起的点点泡沫；
又像洪水期间的暴雨里，
萤火虫在明灭闪烁。
谁也说不清楚，
灾难持续了多长时间；
因为在浩劫之后，
丧失了计算时间的手段。

已经回忆不出，

死亡的残暴统治有多久。
一条大鱼撞了过来，
死亡又威胁着我的小舟。

大鱼的撞击使我因祸得福，
小船被抛上喜马拉雅的峰头；
毁灭神的行动突然停止，
我在垂死中又开始呼吸。

诸神的尊严被碾成尘土，
我不过是他们留下的一点遗迹。
如同舞台上的次要角色，
只是在幕间介绍剧情大意。"

"生活啊，多么令人迷惘，
我又是多么怯懦、怠惰和忧伤；
作为古老神祇的后代，
我迷惑不解，十分悲哀。

寂寞、死亡、毁灭、黑暗，
造成这虚无的是真理；
诸神啊，你曾是存在的实体，
然而现在，你们有什么位置？

死亡啊，长眠，

你的怀抱冷若冰川；
你在世界上制造混乱，
像风在海上推波助澜。

死亡啊，你在狂舞，
世界到处有你的舞步；
新生命的开始，旧生命的结束，
你是衡量生命的尺度。

你在黑暗中大笑，
目睹无形，耳闻有声，
你的存在永恒。
你永远隐藏在世界的肢体里，
这就是你有趣的秘密。

匆匆而过的生命，
是你的一小部分，
像闪电突然出现，
又立即融进乌云。"

这些话乘风飞行，
打破了四周的宁静，
撞击着雪山冰涯，
发出凄婉的回声。

毁灭一切的舞蹈[1]，

曾跳得那样紧迫；

电子失去了引力，

不得不承担自身的零落。

眼前一片令人失望的景象，

就像死亡一样冷若冰霜。

天空中突然降下浓雾，

就像撒下漫漫尘土。

洪水化为水气，

在空中飘拂不散；

太阳终于升起，

结束了这一切灾难。

第二章　希望

晨曦射出万道金箭，

像胜利女神在东方出现；

漫漫长夜已经战败，

躲在山中不敢露面。

大自然的面孔被吓得惨白，

今天也绽出了一丝笑容，

---

① 指大神湿婆的舞蹈，在印度古代神话中，世界在他的舞蹈中毁灭。

像经过暴雨的秋天，
世界重新变得葱茏。

霞光照在雪山上，
清新柔和而又悦人，
像在洁白的莲花上，
蜜蜂撒下金色花粉。

皑皑积雪慢慢消融，
雪下的草木开始苏醒，
懒洋洋地走出梦境，
用寒冷的雪水清洗面容。

像一个美女睡眼惺忪，
大自然在驱除着睡意，
大海却安详地睡去，
波浪缓缓是它舒展腰肢。

刚露出的新地在水中飘荡，
像羞涩的新娘坐在床上，
回忆洪水之夜的侵扰，
神情里有埋怨又有紧张。

摩奴看到这崭新的世界，
是那样迷人、寂寞而又荒凉，

像由于疲劳而酣然入睡，
昔日的狂热已冷若冰霜。

像倾出苏摩酒的玉碗倒悬，
清晨的天空一片湛蓝；
像惊恐过后的心变得平静，
风的呼吸也渐渐舒缓。

摩奴心中突然升起一个疑问，
究竟是谁的力量这样伟大？
他能把黄金溶化，
使江山披上金色的朝霞。

不管是十大神还是日神，
也不管是牧神、风神和水神；
到底在谁的支配下，
从不违命，及时周巡？

是谁在微愠中眉头一皱，
便倾泻出可怕的滚滚洪流？
啊，莫非这都是自然力的标志，
然而现在怎么这样软弱无力？

一切有知的生命，
都在洪水中打战，

面临险恶的处境，

他们都一筹莫展。

我们与自然力俱非神灵，

不过是变化中的芸芸众生；

我们像套在车上的马匹，

遭到鞭笞还满怀豪情。

头上是万里蓝天，

日月星辰光辉灿烂，

电的微粒在空中运动，

不知在追寻谁的行踪。

日月如梭星移斗转，

是谁的引力时隐时现？

花草林木繁荣茂密，

是谁的乳汁把它们浇灌？

谁的力量如此巨大，

使整个乾坤俯首听命？

我们要问：他在何方？

尽管他永远默不作声。

你究竟是谁？

你有什么特质？

这一切我无法知晓，
只知道你无限美好。

啊，你是宇宙的主宰，
不管你是谁，我就这样想；
大海像明白了我的心声，
正缓慢、庄严、低沉地歌唱。

"是什么蠕动在我柔弱的心房，
像充满激情的美梦不时膨胀？
这就是急切的希望，
它给人追求幸福的力量。

心中的希望是多么可爱，
像一个人刚从蜜梦中醒来，
微笑慢慢浮上嘴边，
激动的心潮还在澎湃。

心中像燃起一团火，
一个声音：生活！生活！
这崭新黎明带来的光热，
我把它奉献给哪一个？

神奇的声音在耳边回响：
'我也有一份力量！'

我也说：'我要活下去！'
让这声音永远在太空中激荡。

是希望点燃了我的信心，
我的力量足以向前迈进；
生的欲望啊，幸福的憧憬，
今天为什么这样强劲？

难道我真要活下去？
活着又有什么事情可做？
上天啊，告诉我，
何年何月才能结束这永恒的折磨？"

轻风揭开魔法的烟幕，
洪水不再逞凶；
大地重见天日，
万物欣欣向荣。

那金黄色的稻浪，
一直涌向天边，
像一条康庄大道，
通向秋神的庙前。

它是如此崇峻，
连幻想的翅膀也难靠近，

是福泽，是宝藏，
它使大地免于沉沦。

喜马拉雅安详壮观，
青藤挂满圣洁的山岩，
它像在美梦中酣眠，
梦中奇迹使它欣喜难安。

喜马拉雅山脚下，
一片迷人的静谧；
淙淙流下的寒泉，
传递着生命的信息；

流泉如缕缕笑意，
挂在碧蓝的天际，
仿佛是喜马拉雅的歌喉，
歌声温柔甜蜜。

风在岩壁间冲撞，
发出阵阵轰响；
像歌者讴歌国王，
它把坚固的磐石颂扬。

喜马拉雅的峰峦，
挺拔伟岸高耸云端；

身披五彩云霞的锦绣，

头戴银色积雪的王冠。

群峰光彩夺目，

代表着世界的庄严、自豪和宏伟，

在喜马拉雅宽阔的庭院里，

它们正在悄悄地聚会。

蓝天固然辽阔，

高远不可企及，

安静得没有生命，

空虚得使人迷离。

群峰笔直的躯体，

像轩然陡起的大波；

仿佛对苍天诉说，

世间的幸福欢乐。

就在高山博大的怀抱，

有个宽敞美妙的洞府；

摩奴把它收拾整洁，

当作自己栖身之处。

那里有从前留下的火堆，

火光晦暗如云中的太阳；

如今又蓬勃地燃起，

象征着觉醒和力量。

摩奴天天在大海之滨，
点上祭火敬奉天神，
他耐心地打发时光，
用苦行锤炼身心。

祭祀净化了他的心灵，
使他又具备了神的天性；
祭祀的神力像影子附体，
使他一遍遍点火行祭。

苦修完毕摩奴站起，
精神焕发如东隅的朝晖；
他用出神的双眼
饱赏着大自然的秀丽。

他决定进行净宅祭祀，
便从田里采来稻米，
霎时间火苗跃起，
轻烟织出薄薄的罗绮。

干枝投进火里，
火焰愈烧愈急；
焚烧祭品的香味，

在空气中四处洋溢。

摩奴在静静思想：
洪水把我留在世上，
假如还有人和我一样，
大概并非怪事一桩。

他把祭祀剩下的余粮，
收藏在稍远的地方；
如果真有陌生人得到，
一定会欣喜欲狂。
他咀嚼了自身的苦难，
对别人也产生了爱怜；
他孤独地坐着，
陷入沉思默念。

坐在燃烧的火堆旁，
他在苦思冥想，
仿佛不是他坐在幽静之中，
而是苦行本身化为人形。

然而他的心总不平静，
不时有新的忧虑产生，
就这样度过日日夜夜，
怀着惆怅不安的心情。

沉重的心笼罩着阴影，
心头堆积着每天的疑团，
像忽晴忽暗的魔法，
眼前颜色瞬息万变。

疑问得不到明确解决，
自然界改不了它的行程，
日月随四时来去匆匆，
他艰难地活着忧心忡忡。

摩奴又继续苦行，
做他平日的营生，
世事的网越缠越紧，
像天上集结着的浓云。

摩奴无可奈何，
只好听从命运的摆布；
像那岸边的浪花，
随着海风跳舞。

星辰在轨道上运行正常，
谁也挡不住流失的时光；
荒凉的世界令人倦怠，
摩奴沉溺于无益的空想。

白天过去，夜晚来临，

仍旧没带来任何音讯；

在这怅惘的王国，

只有开端，没有结果。

美丽宁静的夜晚，

清爽宜人的月色，

凉风阵阵吹过，

高兴地唱着娑摩歌①。

月下是广阔的大海，

浪花里充满了激情，

空中是月亮的世界，

夜色中充满了肃静。

他看到这迷人的景象，

困乏的眼睛又有了神采；

他的心豁然开朗，

像水灵灵的花瓣绽开。

蓝天上的月光送来凉意，

一个寒噤使他格外舒适；

他的心进入了一个幻境，

---

① 指《娑摩吠陀》里的诗歌。

神奇和甜蜜交织在一起。

心中被压抑的爱欲重新燃起，
像人体自然地感到饥渴，
他似乎已经感觉到，
要快乐就得两个人生活。

白天与彩霞相看，
夜晚有星光做伴；
越过大海到彼岸，
生活一定会张开笑脸。

摩奴在修行中积蓄了精力，
爱欲猛烈地向他袭击；
焦急、失望和怅惘，
一起在他的心头云集。

微风吹拂他疲倦的身躯，
留下了阵阵不安的焦虑；
像蓬乱的头发里散出香气，
希望从百感交集中升起。

摩奴的心在痛苦中挣扎，
多么需要同情来抚慰伤疤；
安慰啊，如果能有安慰，

他的生命才会迸出火花。

"啊，假如幻想能变成现实，
世界将变得多么美丽！
美梦在心底萌发着欢乐，
却很快就要消失。

假如生活中充满安慰，
这颗心就没有矛盾产生；
假如心中没有矛盾，
这惆怅的故事还有谁听？

生活啊，你回答，
我孤独寂寞到几时？
我的故事谁来听？
现在啊，不能白白泄露了秘密。"

"闪闪发亮的星斗啊，
你们是黑夜中的奇迹，
你们是清爽的雨露，
给炎热的世界带来凉意。

数不清的星辰啊，
你们何止带来凉意，
更给生活送来清新，

迦马耶尼　　**107**

送来了幸福的信息。

静谧的夜晚啊，
你为何这样妩媚？
神秘的夜晚啊，
为何这样令我陶醉？"

"当黄昏提着星星的灯盏，
来到希望之海的岸边；
黑夜啊，你为何如此乖戾，
弄破那彩霞的纱丽？

当黄昏借着星光，
书写它苦难的历史，
黑夜啊，你的脸上，
为什么掠过笑意？

像蜜蜂亲吻着花蕊，
黑夜亲吻着大地；
黑夜啊，你从哪里来？
为何念着催眠的咒语？

黑夜啊，你又从哪里采来
这阵阵呜咽的凉风？
也许，这是你与情人相会，

急促走路的喘息声。

你为何放声大笑，
拼命地投下月光？
那月光引起潮汐，
使浪花闹得更狂。

你又看到了谁，
掀起面纱露出了笑容？
你又想起了谁，
逡巡在荒凉的天空？

月光像银色的花粉，
月光像银色的灰尘；
黑夜啊，你撒得太多，
怕连你自己也要沉醉醺醺。

你真傻，衣襟已经拖地，
还不快把它拎起；
瞧，流星的宝石落地，
还不快把它拾起。

黑夜啊，你在青春中陶然，
蓝色的纱丽仿佛已有破绽；
贫寒的下界仰视着你，

莫让它破坏了你的美丽。

你在无边的欢乐中，

对我却冷漠阴沉，

难道你已经忘记，

青春也给你留下伤痕？"

"是啊，由于记忆力衰减，

有些事我也难以追念；

是爱，是苦还是迷蒙？

我的心也曾在其中安眠。

假如在某处偶得幸福，

黑夜啊，切莫抛它一旁；

若能把它带来给我，

请相信，我一定与你分享。"

第三章　西尔塔

"你是谁？

默默地坐在这里？

像海潮把珠宝抛到岸边，

珠宝在海滩上亮光闪闪。

你悠然坐在寂静的荒野，

似乎了解世界的全部秘密；

沉默是你柔和的美，

是你焦躁的心已经疲惫。"

摩奴听到这悦耳的声音，

它出自曲颈莲花般的芳唇；

像蜜蜂的歌声一样甜蜜，

像蚁垤①贤者的优美诗韵。

一阵愉快袭上他的心，

像受到磁石的强烈吸引；

是谁的话语像动人的音乐？

使他再也不能缄默消沉。

他看到一个美丽的面容，

眼神里充满了魅力；

身段像花藤一样苗条，

又像夜间披着月光的云霓。

看到她身材颀长，

就知道她内心的宽广；

像花枝在和风中摇曳，

秀丽多姿，散发着芳香。

在她光洁的身上，

---

① 蚁垤，相传是印度史诗《罗摩衍那》的作者。

围着柔软的羊皮衣；
那是青羊毛的软皮，
出产在犍陀罗国故地。

那羊皮没遮住的部分，
是那样滑腻光润；
像被电光闪亮的云朵，
射出玫瑰色的光泽。

啊，那俊秀的脸庞，
就像西方天际的夕阳；
拨开周围的乌云，
放出鲜艳的红光。

或者像一座黛色的火山，
喷出明亮的火焰；
在春日宁静的夜晚，
格外绚丽耀眼。

长发披到肩上，
衬托着她的脸膛；
像乌云要喝甘露，
来到月亮的身旁。

还有那脸上的笑靥，

更使她增添秀气；
像一片红色的嫩叶，
在阳光下含羞忸怩。

她青春的光彩不可磨灭，
是世间给人安慰的化身；
她是如此引人瞩目，
连顽石也会为之倾心。

像黎明的第一缕霞光，
在群星的怀抱中泛起；
带着令人陶醉的羞涩，
撒下令人愉快的甜蜜。

微风吹过花林，
扬起阵阵清芬；
她周身香气袭人，
一定是涂满了花粉。

一丝娇媚的微笑，
浮现在她的唇端；
像春夜圆月的清辉，
惹起人心中的爱怜。

"我立身于天地之间，

无法排遣生活的纠缠；

像一颗迷群的孤星，

在天空中徘徊流转。

严寒中冰雪不能溶化，

山泉也不能流淌；

像山泉流进大海的怀抱，

我的生活也化为冰霜。

生活像迷宫一样错综，

左冲右突总是不通；

我只好变成一个愚人，

浑浑噩噩虚度光阴。

对从前美好生活的记忆，

正在渐渐消失；

我生活的哀歌，

在漆黑的岩洞中延续。

如今我该怎样回答你的问题？

在荒芜人迹的国度里，

在蓝天下的缝隙中，

我是一阵飘忽不定的风。

我是一座被遗忘的荒丘，

是一盏朦朦胧胧的灯火；
在我生活的旷野里，
只有荒芜，没有收获。

报春的使者啊，你是谁？
来到这满目苍凉的园地？
像闪电照亮古老的森林，
像凉风拂去酷暑的余温。

你给我带来希望之光，
平息了我心中的不安；
像一朵小小的浪花，
激起诗人头脑中的灵感。"

为了满足摩奴的心愿，
那个人上前开言；
像杜鹃的美妙声音，
送来春天的音讯。

"我本是犍陀罗国少女，
家父的掌上明珠；
由于内心的求知欲望，
到异乡学习艺术。
我在天底下辗转，
技艺也不断增添；

我还有一个想法，
要寻求心中美的本源。

当我看到喜马拉雅的群山，
心中便产生一个疑团；
大地有痛苦还是恐惧，
为何额头上皱纹如许？

群山仿佛在暗示，
这恬静的美是上天的伟力和秘密；
我单纯的心因而更加急切，
想走到跟前去看个仔细。

心中热望使我不断向前，
山峦起伏使我无暇顾盼；
多么美丽的景色啊！
我大开眼界，了结夙愿。

有一天忽然洪水滔天，
风吼雷鸣，浪花飞溅；
我只身一人难以生存，
孤独地奔走直到今天。

在这里发现祭祀后的食粮，
不知道是谁积德行善；

我猜想，洪水虽然凶猛，
一定还有人活在世间。

修士啊，快点告诉我，
你为何这般颓唐？
是什么样的痛苦，
使你如此失望？

只要对生活无限迷恋，
心里便会有激动不安，
只要心中存在美丽的虚幻，
一个人就难免要受到欺骗。

你由痛苦产生的惧怕，
使你估计到未知事物的复杂，
不敢直面今日的事业，
不知道未来如何筹划。

为满足快乐的心愿，
薄伽梵 ① 忽然心存一念；
用神力化为整个世界，
从此才有了美好的一切。

世间的欲望导致造业，

---

① 薄伽梵，指宇宙之主。

行为端正才能得到荫庇；
由于你忽视了这一道理，
生活中总是没有成绩。"

"漫漫的长夜将尽，
东方已晨光熹微；
痛苦像一层薄薄的青纱，
遮挡不住幸福的光辉。

你把痛苦看成诅咒，
当成尘世不幸的根由；
不，那是薄伽梵的赠礼，
切莫忘记了这个秘密。

在这广大的世界上，
安慰来之饱经风霜之后；
痛苦是幸福繁荣的前提，
这是上帝奇妙的恩赐。

上帝若只赋予享乐和权力，
欲望会像海啸一样膨胀，
从痛苦中得到幸福，
就像珠宝在浪花中发光。"

摩奴叹息着说：

"你的话使我快乐，
像和煦的风吹过湖面，
不断激起兴奋的波澜。

可是，生活使我无法作为，
我目睹一切，深信不疑；
成功不过是一种幻想，
失望才是生活的结局。"

那个人和颜悦色：
"你呀，怎能这样惶惑！
勇士为生活不惜生命，
而你却如此失魂落魄。

厌世纯属谬误，
生活乃是真理；
哀伤不会长久，
希望就藏在心底。

像自然界正当妙龄青春，
枯枝败叶与她很不相称；
你头脑中的各种疑虑，
对生活毫无补益。

大自然不容无用之物，

你也应当摈弃迷误；
那崭新而永恒的欢乐，
孕育着不断的变革。

世界正在前进，
在时代的岩石上踏上足印；
乾达婆、阿修罗和诸神，
只能在后面紧跟。

君不见辽阔的大地，
充满了大自然的欢乐；
善恶有报，轮回不爽，
这是世间生命的法则。

你只身一人祭祀难做，
遁世离俗并非上策；
修士啊，即使不受任何诱惑，
你的灵魂也难以解脱。

你背上沉重的包袱，
不向别人寻求帮助；
我是否可做你的伴侣，
立即承担起我的义务？

像给海船装帆配桨，

我愿献身为你服务；
从今日起俯首听命，
绝无任何私心杂虑。

我就在你的面前，
清洁坦荡心怀瑾瑜；
安慰、爱情、温柔、信念，
你可以取其所需。

你来做新生命的根基，
让人生之藤代代延续；
生命之花将开遍世界，
你的名字会流芳百世。

听啊，这是什么声音？
震响了整个大地；
'强者啊，去争取胜利'，
是上帝吉祥的恩施。

神的后裔啊，不要畏惧，
向繁荣昌盛进取！
你会变成生活的中心，
引来所有财富和荣誉。

诸神毁灭的教训，

已经积累起来；

如今变成精神文明，

留给新的一代。

把认识的美妙历程，

全人类的精神实在，

用非凡的大字，

永远刻进宇宙的心怀。

让上帝创造的福利，

在大地上完满实现；

哪怕火山爆发，烈火熊熊，

哪怕群星落地，洪水拍天。

新的人类将豪情满怀，

踏破这一切障碍；

陆地、海洋和天空，

都将充满他们的光荣！

哪怕海水爆溢，激流滚滚，

岛屿像鱼鳖一样浮沉；

他们仍将坚如磐石，

智慧勇敢地前进。

一次次的失败，

他们仍会斗志高昂；

在失败中看到弱点，

在前进中积蓄力量。

电的微粒在太空中飘荡，

由于分散而无法作为；

把所有力量集中起来，

胜利就会属于新的人类！”

第四章　爱神

“空中飘来和风氤氲，

春天悄悄地步入树林，

你何时来到这里，

当最后一个冬夜结束的时分？

是看到你的来临，

杜鹃陶醉得唱起歌来？

那冬日里蜇眠的莲蕾，

才把好看的眼睛睁开？

春天啊，你说这是真的？

你调皮地钻进花蕾，

当你钻出来时

把香气撒了一地。

在鲜嫩盛开的花瓣上，
留下你的笑容；
在汩汩的泉声里
掺进了你的笑声。

杜鹃布谷布谷地啼鸣，
多么悠闲，多么忘情，
在生活的天空里啊，
飘荡着轻快的回声。

当小画家挥笔作画，
有多少希望要描摹，
在生活的眼睛里，
粗心地涂上颜色。

青藤披上绿叶的面纱，
眼角里流出白色花蜜；
大地吸吮着蜜汁，
其余的一切都被忘记。

那鲜花般的笑脸，
那浸透香气的呼吸，
那甜蜜的话语歌声，
曾几何时，都化为静寂。"

说着说着又想起从前，

不由得失望地叹息，

尽管摩奴如此悲观，

内心的活动并未停止。

"天空啊，你用蓝色的帷幕，

挡住了世间的视线，

要洞察你后面的奥秘，

连发光的物体也很为难。

光辉皎洁的月轮，

你为何旋转不停？

群星像散落的花瓣，

撒遍你失败的征程。

蓝天像碧绿的藤丛，

花朵的故事讲述不停；

太空中洋溢着香气，

那来自花蜜的露滴。"

"天空像蓝色的莲花，

用蜜流织出一片网络；

蜜蜂被香风熏醉，

我的心被爱情俘虏。

原子在急速运动，
从来不半途停驻；
像是被幸福激奋，
不分日夜地跳舞。

那舞蹈渐渐舒缓，
多么像诱人的魔术；
那呼吸像阵阵清风，
无比清新，沁人肺腑。

发光的物体都昏然欲睡，
世界似乎变得岌岌可危，
星斗像是天穹上的破洞，
我的眼睛也看得十分疲惫。

美丽活泼的星月，
在炫耀自己的神秘，
我的目光被吸引，
再也不能前移。

我所见到的一切，
难道都是幻影？
在美好事物的幕后，
难道还有什么神明？

我至今也悟不出，
我的夙愿究竟为何物？
像乱麻缠住我的灵魂，
解铃须待系铃之人。

我的夙愿像春夜的星辰，
极力想躲进飘忽的浮云，
它又像深藏地下的潜流，
在辽阔的沙漠悄然隐形。

在平静的面纱后面，
一个甜蜜声音流进心里，
我仿佛听到，
有人对我窃窃私语。

像和煦的春风拂面，
把睡意带到了身边；
我惬意地合上眼皮，
轻轻地呼唤着睡眠。

像顽皮羞怯的少女，
慌忙把面纱遮严，
偷偷躲到我的背后，
用纤手捂住我的双眼。

启明星周围悬挂着浮云，
铺盖在东方微明的天穹；
盖着光的被子酣睡，
藏着朝霞的万紫千红。

浮云终于在曙光上升起，
好像嫩叶编织的伞盖；
晨风窣窣地吹着，
像笛声从远方传来。

万物似乎都在呼喊：
'掀开，让我们一睹上天的尊颜！'
但是，由于它们密密麻麻，
彼此遮挡了视线。

晨霭宛如一幅面纱，
像洁白的月辉飘洒，
中间隐藏着无限欢乐，
像徜徉天海的浪花。

浪花摔打着泡沫，
像挥洒着珍珠宝石；
我的心海也发出和声，
像狂醉又像痴迷。

无论如何，我承受不住，
这生活中甜蜜的重负；
克制和压抑变成障碍，
都来吧，我并不畏怵。

那隐没的星辰啊，
你们没见到朝霞似锦，
你们妄自怀疑——
它们征服黑暗的决心。

也许是上天过于机敏，
把美的秘密隐藏得太深；
也许是我的感官迟钝，
成为我不断失败的原因。

生活美酒，色香味齐备，
我要喝它，我要喝个醉。
惊涛拍岸，总有巨大回响，
为希望尝试，总有欢乐伴随。

可今天，幻想已经破碎，
像零散的星星不可连缀；
当青春激情袭上心头，
难道我还要怀着痛苦沉睡？"

摩奴慢慢陷入沉思，
夜幕已经悄悄降临，
在黑夜的晦暝中，
他想使思绪稍稍平稳。

像地平线上凝聚的乌云，
他们的记忆也变得含混，
这颗心生来就是好动，
何尝有过片刻的安稳！

从前的梦境早已忘怀，
梦中的甜蜜却依然存在，
它们像活泼的演员，
在他心中摆开舞台。

他虽然在困倦中默想，
思潮却又一次高涨，
仿佛有一个深沉的声音，
在他们耳畔鸣响。

"诸神从欲望的顶峰跌落，
我的欲望却丝毫没有减弱。
我渴望啊，至今尚渴望，
渴望得到安乐的生活。

诸神像着了魔一般，

从未停止过对我的迷恋，

正是这没有节制的情绪，

促使他们毁于一旦。

他们是我的追随者，

我的举动成为他们的法则；

我的诱惑力那样巨大，

曾给他们以无边的欢乐。

我与他们朝夕相伴，

是他们取乐的唯一手段，

我高兴也使他们高兴，

有我生活才能蓬勃向前。

那充满魅力的爱情，

就是无限欲望的别名，

从微观世界到宏观世界，

它自始至终发挥作用。

像陶工转动陶轮，

造出形形色色的器皿；

由于我们俩①的存在，

世界才这样五彩缤纷。

———————————

① 指爱神迦摩（Kama）和他的妻子罗蒂（Rati）。

世界发展到青春时代，
就像青藤开出花来；
花朵在它开放之初，
其中含有两种因素①。"

"那无穷小的微观世界，
不断地发展活跃；
像孩童在母爱中学会奔跑，
分子在太空中遨游不歇。

天空中像过洒红节一样，
电子互相碰撞发出光芒；
彼此兴奋地上前拥抱，
番红花的细末纷纷扬扬。

先在欢快的气氛中吸引，
然后便拥抱结合；
据说这美妙迷人的世界，
就是这种运动的结果。

一切都在洪水中毁灭，
现在又重新聚结；
像花朵又在春天开放，

_____

① 指花朵本身的开放和新生命的孕育。

流出许多醉人的蜜液。

河流张开臂膀把高山颂扬，
大海鼓起浪花为大地送爽；
世间事物啊，就是这样，
相辅相成，配对成双。

像蓓蕾和嫩叶相映成趣，
我们俩在一起其乐无比；
在这新世界的丛林中，
柔和的春风会使花开遍大地。

我们名叫'爱'和'欲'，
永生在诸神的青春时期，
为了使心愿得到满足，
我们总是如渴似饥。"

"爱情与女神形影相依，
像声音与琴弦不可分离；
爱情会开阔她们的胸怀，
因为它充满柔和甜蜜。

把欲念锁在男神的心坎，
又把钥匙送到女神身边，
如此使他们交流感情，

把他们纳入我们的规范。

如今诸神与享乐一同灭迹，
我也只剩灵魂而无躯体[①]；
我到处游荡寻找寄托，
这就是我的简要身世。

像鸟巢因美鸟而生辉，
世界因善人而光彩；
来如行云，去如流水，
只有强者才能长在。

世界上不知有多少人，
他们只是一种工具；
从生到死忙忙碌碌，
像线一样被织来织去。

那是什么，
熔化在东方蓝天的绛红？
那是什么，
西天上光怪陆离的云层？

是的，是黎明和黄昏，

---

① 据印度古代神话传说，爱神因破坏了湿婆大神的修炼而被湿婆的第三只眼冒出的神
火烧为灰烬，因此爱神又得名“无形体的”。

然而更是造业的实践：

是造物主施展的幻术，

在自己衣襟上投下光斑。"

"风是自然界前进的起因，

我是人世繁荣的根本，

诸神因为我九族俱灭，

使人类有节制补偿遗恨。

众神纵欲走上极端，

其恶果如今已经明显；

爱欲和节制要配合得当，

生活才能正常开展。

爱是最初的动力，

推动世界向前，

听从它的命令，

一个光辉的使者来到人间。

她多么美丽纯真，

像花枝一样动人；

她是我们俩的后代，

身上寄托着我们的信赖。

她是自然界和生命的凝聚，

是纠正迷误的指针；
是冷静合理的思维，
能使狂热化为深沉。

如果你想得到她，
就得使自己能与之相配。"
说着说着，声音消失，
就像笛子戛然而止。

摩奴睁开双眼：
"那'光辉使者'是谁？
爱神啊，我想得到她，
需要做出怎样的努力？"

然而，摩奴从梦中醒来，
没有人回答他的问题；
只见东方美丽的天际，
朝霞正在冉冉升起。

金色的霞光普照，
花丛显得更加妖娆；
摩奴的手中捧着
祭神用的苏摩草。

第五章　欲念

如两个路人，

　　　在各自的路上奔走，

漫无目的，

　　　却在这里邂逅。

一个热情主人，

　　　一个善良来客，

一个若有疑问，

　　　一个循循善诱。

一个是辽阔大海，

　　　一个如海上波澜；

一个是初升旭日，

　　　一个如朝霞璀璨。

一个是行云布雨的

　　　万里天空，

一个是五光十色的

　　　奇妙彩虹。

像大河彼岸的暮云中，

　　　两道耀眼的闪电在交锋；

两个人思想相互抵牾，

　　　谁都不能使对方屈服。

彼此共同生活，

　　　又想控制对方，

双方都有引力，

　　　却又羞怯踟蹰，

他们生活丰足，

　　　内心却很荒凉，

感情的陌生人，

　　　命运偏把他们结合一处。

两个熟人也常常是言而有尽，

更何况他们各有难言的秘密。

像密林中的微光似近而远，

两个人在一起却若即若离。

晦暗的日轮无可奈何地沉入海里，

一道道光束在厚厚的云层中消失；

像劳累了一天要找个借口休息，

连勤劳的蜜蜂儿也停止了采蜜。

满是烟尘的地平线上降临夜幕，

太阳的一抹余晖变得苍白阴郁；

黑白相遇构成了一幅悲凉的图画：

伤心的鸳鸯也弃偶离巢各自索居。

摩奴此时仍全神贯注地沉思，
他的耳朵充塞着爱神的启示。
他的家已经积累了一些财产，
养着牲畜，堆放着许多粮食。

摩奴满怀热忱地满足她的心愿，
她的行动轻易地左右着摩奴。
他坐在祭坛上感到饶有兴趣，
惊奇地看着命运放肆地捉弄自己。

一个奇景！
　　客人和牛一起走来，
牛受宠爱，
　　流露出幸福的情感，
纤纤玉指在牛背上不停抚摸，
它晃着尾巴，
　　依偎在她身边。

牛时而撒欢地纵身跳起，
又打着转回到她的跟前，
时而用天真的眼睛盯着她，
眼神里包含着亲昵和缠绵。

她亲切的抚摸像一颗火星，
点燃了它的温顺和依恋之情。

他们不知不觉地越走越近，
快活而又天真地嬉闹不停。

像风吹浮灰，
　　火堆又腾起火焰，
摩奴妒火中烧，
　　顿生出家欲念：
"这是什么？
　　为一口苦酒犹豫不决？
是谁在我心上投下嫉妒和怨嫌？

牛啊，
　　得到多么纯真的爱抚，
是我家里的粮食把它们养育！
吃我的粮还不把我放在眼里，
这样践踏我的权力多么可鄙！

忘恩负义能使人的良心霉烂，
像光洁的石头上长出肮脏的苔藓。
可耻的罪孽剥夺了我的精神统治，
只有强盗才想白白抢走我的福祉。

世界上的生活资料美好丰富，
愿一切都纳入我的用度；
愿望如地下火永不熄灭，

愿一切像海潮涌来使我满足。

客人放肆地玩耍着，
　　　走得更近，
像怕做错事的孩子，
　　　顽皮可亲。

"哟，你怎么一直坐在这里默想？
你的耳朵似在倾听，
　　　眼神异样。
怎么啦？
心不在焉，脸色阴沉？"
摩奴像条怒蛇听到吹宾① 的声音。
说着，她把柔软的手放在他身上，
她的美貌使摩奴的醋意散若烟云。

"客人啊，你如同陌生人四处乱跑，
你的伴侣正在幻想着美好的未来。
尽管我平时不断得到你深切的爱，
可是今天啊，
　　　为何更加急不可耐！

为什么我的心受吸引向你靠近，
而你自己却悄悄地躲向一边？

---

① 宾（bin），印度民间耍蛇人吹的竖笛。蛇听到宾的声音会变得驯服。

你好比月下流泉，

　　我百看不厌，

要真正了解你，

　　我却信心不坚。

你身上蕴藏着什么奇妙的秘密？

连树木也愿意用阴凉来遮蔽。

花草木石都追求我的生活韵律，

都希望在相互吸引中得到乐趣。

自然界不知何时聚下许多情冢，

连禽兽草木都向它们乞求爱情。

我惊奇地看着那些美丽的花草，

它们在晚霞的幻影里摇曳不定。

黄昏后的春夜如醉似癫，

佯作蹒跚地来到了世间。

心境空荒如古庙的断壁残垣，

没有谁愿意在这里虚度流年。

既然如此，

　　为何有幸福的憧憬？

世俗的情感为何在此扎寨安营？

我徒有健壮身躯，

　　欲望终为泡影，

你是谁？

我心上光辉美好的模型？

看到你，

新的热量在体内陡涨。

你是谁？

我痴心追求的形象？

你的笑脸像盛开的茉莉放射光辉，

它照亮周围，

为何不照进我的心扉？"

她笑了：

"我是客人，不宜过多介绍，

你也第一次向我如此急切地表白。

走吧，先去瞧那含笑的明月，

正驾着云车向我们缓缓而来。

空旷的天界开始有星星落户，

月辉开始打扫晦暗的天穹；

看到天上明月的妩媚笑容，

它会使你忘记所有的苦痛。

看啊，崇峻的山峦狂吻着蓝天，

夕阳的残辉恋恋不舍地隐没天边。

走吧，让我们在月光中浸透，

让大自然的陶冶来补偿心愿。"

景色宜人，

　　爱情在他们眼中闪亮，

花粉飞扬，

　　月光把爱情植入他们心房。

一对恋人手挽手，心情欢畅，

像带着爱的干粮走在梦的路上。

清香扑面，

　　春天的花气格外醉人，

和风阵阵，

　　送来了蜜的甘醇。

月光如水，

　　青松花棚和岩洞都在沐浴，

不眠之夜，

　　万物都在庆祝吉日良辰。

夜色在撒满露水的草地上舒展肢体，

像美美地睡在珍珠镶嵌的床席。

如此良夜，

　　怎能不魂魄荡漾，

花丛月影，

　　怎能不心旷神怡？

"客人啊，

我有多少次看到你,

从未像今天这样美丽。

我回忆过去,

往事像出在前生,

那狂暴的雷鸣,

是我欲望的歌声。

忘记从前,

    我变得麻木不仁,

正是惭愧向我指出

    幸福的前景。

今天,

    我陷在理智的包围中,

'我属于你'的想法

    在不断上升。

那甜蜜柔和的月光像在打战,

由于蜜香太重风速也变得迟缓。

你就在身边,

呼吸怎么这样急促?

闻到什么气味,

使我醉心怡然?

今天,

    仍怀疑你对我冷漠无情,

想劝慰你，

　　　却又顾虑重重；

动脉的血

　　　因痛苦而循环迟钝，

这颗心啊，

　　　因受到压力而抽动。

神经在爱情的火焰中唱歌，

有难言痛苦也有非凡欢乐。

我像火虫①一样勇于投身烈火，

在燃烧中生存，不受焦灼。

你是谁，

　　　感应天地的魔力的化身？

你温存骄矜，

　　　是叩不开的玄妙大门。

像树阴为疲倦的旅人驱除困顿，

情人的抚慰会使我的心变得安稳。"

她笑了，

像蓝天上闪烁的亮光，

像春风卷起了喜悦的波浪，

像园圃中抿着嘴唇的花蕾。

她开始说话，

---

① 印度传说中能在火中生活的虫子。

摩奴热心奉陪：

"我的伙伴啊，
你的心，

　　闹如海潮，
你的痴望，

　　也未完全打消；
不用说也不要问，

　　这些我都知道。
且看这宁静的夜晚，

　　月圆花好。

那不是蓝天，

　　是大自然宽阔的衣衫，
那不是星座，

　　是显示它富有的谷山。
月下的黄光，

　　是夜神好看的金莲，
群星是祭花，

　　不断向夜神奉献。"

摩奴正在环顾着美丽的夜色，
明亮的月光不断向四方投射；
像下着无数晶莹闪亮的蜜丝，
为这一对情侣平添了快乐。

压抑不住的激情终于迸发火星，
甜滋滋的热浪正在胸中翻腾；
冲动像飞卷着的狂风，
把他的耐心刮得一点不剩。

摩奴激动地一把抓住她的手，
"今天，你显得格外温柔，
这是美！
　　可是我怎么怠慢至今？
是回忆之船，
　　在往事的海中飘得太久？

我童年时曾有过一个伴侣，
名叫西尔塔，是爱神之女。
她美丽无比，
总是给我安慰，
她也受到我鲜花和蜜水的礼遇。

如今你和我同是洪水中余生，
在这空荡荡的世界上幸福相逢；
你如穿云破雾的光芒来到身旁，
你是爱的明月，升起在我的胸膛。

你的卷发，

织成一个迷人的网络，

你的双眸，

　　像是染上了黑墨；

目光深邃，

　　足以摄人魂魄，

一颦一笑，

　　都如轻梦一样婀娜。

女人是世界上一切温情的体现，

男人尚是满怀热望努力追攀；

我是个忙碌不堪急于求成的男人，

至今还像一个孩子在迷误中流连。

你是一轮圆月，

　　光彩动人的少女，

生活中你常常取胜，

　　却微笑无语。

我是一条被践踏得不能忍受的小径，

愿溶化进绿色的田野以求得安宁。

啊，我的愿望正是这样得到满足，

你的爱情使我苦难的心有了庇护。

统治世界的美丽女神啊，人间的尊荣，

今天，我要把这颗心向你奉送。"

可怜的常春藤攀不上摩天大树，
是凉季初降的寒露把它压住。
娇羞使她低下了头颅，
难以接受男人谦恭的礼物。

潜伏在内心的女人天性，
使她又有一个新的愿望萌生。
她又惊又喜，
又羞又怯，
万种情感在心中甜蜜交融。
她低着头，
闭上眼睛，
青黛般的眉毛向两边展平；
脸颊像玫瑰一样绯红，
激动之情使她语不成声。

"神明啊，
今天我若以身相酬，
会不会使女人的心永受拘囚？
你告诉我，
　　我如此孱弱，
你的赐爱，
　　我怎生消受？"

第六章 羞涩

"你如刚刚破萼的花苞，
躲藏在柔枝嫩叶的裙梢；
如荧荧跳动的烛辉，
闪烁于黄昏朦胧的氛围。

心已经如醉似癫，
更加上梦影斑斓；
气泡本来清澄如璧，
又加上波光潋滟。

你被这诱惑所纠缠，
把手轻轻放在吻端；
在明澈的眼睛里，
闪着春天的热恋。

你是谁，款款而至，
如静夜的花枝？
像展开圆润的双臂，
吸引我去拥抱你。

你从哪里拿来这些花苋，
艳丽无比，芳香扑鼻？
你低头编织着花环，

创造着美的奇迹。

我戴上这神奇的花环，
在心中引起一连串的不安；
像树木怕果实结得太多，
枝头被它们压得弯弯。

这纱丽是蓝色光线织成，
你把它作为礼物馈赠；
它轻柔得如云似雾，
芳醇得如同甘露。

我的身体似用蜡做成，
脆嫩得弱不禁风；
一旦听到戏谑的笑声，
便心情紧张不能自胜。

我只能微笑不敢放肆，
我常常低眉不敢直视；
我看到一切事物，
而一切又像梦一样模糊。

梦中我看到欢乐的世界，
那欢乐又使我睁开眼睛；
爱情正在随风浮游，

洋洋自得地来回摇动。

愿望萌发在青春时代，

为迎接幸福它抬起头来；

它要用毕生的精力，

把远道而来的幸福款待。

扯来希望的长绳，

靠它来不断攀登，

溯着爱情的甘泉，

奔向幸福的高峰。

想抚摸又容与不前，

想饱看却垂下眼帘；

想快乐地大声发笑，

笑声却凝结在唇边。

汗毛都悄悄地竖起，

做着反对的暗示；

黑黑的眼眉像在说话，

却无人能理解其中的奥义。

你是谁，是驯服？

夺走了我全部自主？

像花朵应季而开，

你能够被任意采摘。”

她栖身于晚霞之中，
那里传来她的笑声；
一个影子喃喃絮语，
像在回答西尔塔的疑虑。

“孩子啊，你不要吃惊，
有益的话要仔细聆听。
我是一种‘阻挠’，
常说：‘停！三思而行！’

巍巍冰峰直插霄汉，
雪水汇成欢闹的流泉，
一俟青春时期来到，
爱的电便周身流遍。

吉祥痣像黎明的红云，
青春是人生最好时辰；
纯洁的幸福来得慷慨，
带着一片绿色的欢欣。

鲜花在佳期开得最盛，
眼前的享乐最令人销魂。
繁荣喧哗的园林，

杜鹃的巧啭最先报春。

那叫声唤起全部激奋，
像优美的旋律深入人心；
美景映进青春的眼睛，
变得格外幽雅迷人。

像峡谷里乌云凝聚，
一双眸子形同墨玉；
像乌云中亮起闪电，
眸子里燃着青春火焰。

这春天姹紫嫣红，
它有拂晓时分的清醒，
有日中亭午的白热，
也有黄昏时刻的温情。

明洁的皓月刚走出殿堂，
向新奇的世界东张西望；
慌乱中不慎滑倒，
跌在心湖的波光上。

为迎接青春的光焰，
为庆祝这佳期良辰；
蓓蕾展开细嫩的花瓣，

花芯贮满香甜的蜜粉。

新叶像在欢呼，
呼声从内心发出：
在欢度佳期的时候，
幸福里常掺着痛苦。

知觉是奇妙的天禀，
都说'美'是它的别名；
它包含着多少希望，
又使多少美梦清醒。

我是顽童的保姆，
教会他们自豪和崇高；
若不慎在生活中失足，
我总是耐心地说教。

我本是神界的罗蒂，
洪水使我与夫君分离；
我虽可怜而又孤独，
内心却不感到满足。

像从前失败的教训，
我在经验中遗存；
像骄奢淫逸后的身心，

感到疲劳而又苦闷。

我叫羞怯，罗蒂的化身，
诲人谦恭是我的本分；
我是美女踝上的铃串，
防止她狂舞时节拍紊乱。

我给洁白的面颊抹上红云，
使好看的眼睛像描了铅粉；
像紧紧卷在一起的头发，
让她的心收缩得更紧。

我爱护美丽的少女，
缓和她激动的心绪；
轻轻抚摸她的耳朵，
便绽开两朵红色芙蕖。"

"可是，你得告诉我，
哪里是我生活的路径？
在这黑夜般的世界，
我从哪里得到光明？

我现在已经明白，
我是个赢弱的女性；
体魄如此娇柔，

生活中有败无胜。

可是，我的心啊，
为何也这样脆弱？
黑云般的眼睛里，
为何突然泪水滂沱？

静静躺在浓阴底下，
爱情怎会神奇地出现？
得到那男子的信任，
我是否要把一切贡献？

银河里星星闪烁，
在进行着各种娱乐；
我在扮演什么角色，
也要选择这艰难的生活？

我在大湖中搏击风浪，
身边没带足够的干粮；
我不愿意从美梦中醒来，
不愿放弃对他的希望。

那模糊不清的线条，
那充满忧伤的色调，
这就是女人生活的画图？

这就是美术家的创造？

我在踌躇、思索，
然而，一无所得；
像长舌妇在心中絮烦，
搅乱了平静的深潭。

我在竭力征服别人，
最后却为别人征服；
像青藤缠绕大树，
却把自身变为依附。

我的投降十分简单，
不讲代价和条件；
我是如此天真无邪，
不知索取只会奉献。"

"女儿啊，快别这样说，
你含泪痛下决心，
在生活的金梦实现之前，
你已经把自己奉献。

女儿啊，别忘记你的名字，
别动摇坚定的信念；

像凯拉斯①脚下的甘泉，
直奔生活的锦绣平川。

只要你活在世间，
头脑里就斗争不断；
像神与魔鬼的冲突，
胜利终在真理一边。

快把心上的泪水擦干，
痛苦忧愁也是枉然；
你须将一切疑虑抛开，
含笑宣布自己的失败。"

第七章　业行

像弓弦把弓拉弯，
苏摩藤拉紧摩奴的心弦；
多醇的苏摩酒啊，
要喝它就须把祭祀做完。

发出的箭一去不返，
他在造业的路上一往无前；
仿佛有人大呼"祭祀"，
喊声使他坐立不安。

---

① 凯拉斯，传说中湿婆大神的驻地。

爱神的话还响在耳边，
心里却生下新的欲念；
这欲念在不断炽盛，
使摩奴心绪难平。

生活是多么哀伤，
充满了凄凉和失望；
只有香甜的苏摩酒，
才能浇灭心中欲望。

一生中要不停修炼，
这个热望又重新出现；
摩奴又走上老路，
像逆风把船推回深渊。

无论爱神给予的启示，
还是西尔塔热烈的爱情，
都被摩奴错误地理解，
而使自己陷入迷蒙。

若事先确定论点，
然后去寻找理由，
则如同背上债务，
劳命伤神终日奔走。

一个人若先入为主，
而且看法不可动摇；
就像魔力支配头脑，
他总是会梦见吉兆。

风，会起来响应，
浪，会点头赞成，
就连天地之间，
也会响起同意的回声。

照这个逻辑推理，
他永远会得到支持，
他会认为，这是真理，
是通向幸福进步的阶梯。

真理啊，这有趣的字眼，
多么玄深奥妙，
然而，不过是头脑的游戏，
是豢养在笼中的小鸟。

人们为认识真理，
不知进行了多少求索；
然而它像含羞草一样，
经不起思辨的触摸。

有两个邪恶的祭司，

名叫基拉特和阿吉力，

幸免于洪水的劫难，

到处徘徊无家可归。

看见摩奴的牲畜，

两颗心躁动不已，

像看到鲜美的肉食，

眼里射出贪婪的光辉。

"基拉特，总吃植物根茎，

实在难以延长寿命，

看这活蹦乱跳的牛羊，

我们竟沾不上一点荤腥？

难道我们毫无办法，

吃不上这珍馐美馔？

若能解我这长期的饥馋，

我将拨响快乐的琴弦。"

"难道你没看见，

那里有个温情少女，

她满面春风地站着，

守护着她的牲畜。

她像夺目的光线，
能驱除满天黑暗；
我的法术如一层薄雾，
会被她一眼洞穿。

走，我们试试看，
临阵逃跑绝非好汉；
不管出现什么后果，
是苦是甜由我承担。"

他们俩商量稳妥，
来到这花棚茅舍；
摩奴正在那里打坐，
聚精会神地思索。

"祭祀是积德的行动，
会实现生活的梦想；
在这荒山野林之中，
我的希望之花也会开放。

可是，由谁来做祭司？
这是个新的问题；
要通过哪些仪式？
依照什么规则行祭？

得到西尔塔是我的功德，

她是我无数愿望的集合；

除了她，这荒凉的世界，

又有谁能担当这个职责？"

两个阿修罗同伙，

一本正经地说：

"接受你祭祀的神明，

派我们前来听命。

你将举行祭典，

正在左右为难；

知道你需要祭司

何必舍近求远？

在这茫茫的世界，

日月是上天的使节；

白天是太阳的表征，

夜晚是月亮的伴影。

让它们做行祭的指南，

我们的仪式必将圆满。

快点起来吧，

把祭火重新点燃。"

"这古老的祭祀活动，
如今又后继有人；
错综复杂的生活中，
还有这幸福的时辰。

在这祭祀之中，
积存着多少功行；
这对于幸福的回味，
使人振奋而又陶醉。

它使凝滞的生活沸腾，
它能把平凡化为奇迹，
能使这荒凉沉寂的国度，
出现欢乐的节日。

即使西尔塔在此，
也会得到特殊的乐趣。"
摩奴想得心花怒放，
怎么也压抑不住新的贪欲。

祭火仍在燃烧，
祭祀已经结束；
成堆尸骨，满地血污，
构成一幅可怕的画图。

行祭者兴高采烈，

牛的惨叫萦回不绝；

眼前的这种景象，

使人厌恶而又哀伤。

苏摩酒已经装满，

祭祀的米团摆在面前；

看到西尔塔不在身边，

摩奴心中升起无名火焰。

"这样有趣的祭祀，

她竟躲在一边；

这到底为了什么？

是傲慢还是不满？

她集中地体现了，

我生活中的欢乐，

可她的这种举动，

又怎能说'她属于我'？

不以我之乐为乐，

其中必有缘故；

那头牛的死去，

难道会妨碍我们的幸福？

她显然已经愠怒，
我面前有两条出路；
让她自己慢慢平息，
或者对她安慰让步。"

摩奴一边喝着苏摩汁，
一边拿起米团大吃；
以此填补精神空虚，
把不愉快的事情忘记。

太阳在黄昏中沉没，
晚霞衬托着群山的轮廓；
月亮在东方露面，
微弱的光线依稀可见。

西尔塔满怀悲痛，
回到自己栖身的岩洞；
像承受着千万压力，
从内心深处发出抽泣。

那一小堆干柴，
忽闪着微弱的火焰，
给漆黑的岩洞
带来一点点光线。

在凉风习习的夜晚，
它能够自由地明暗，
一会儿被扑灭，
一会儿又复燃。

铺好一块柔软的兽皮，
迦马耶尼躺下休息；
一天的劳动已经停止，
她感到有些倦意。

按照自己的常规，
自然界在慢慢行走；
星花在一个个开放，
月亮驾着鹿车巡游。

黑夜撒下月光，
像挂起华丽的帷幕；
如世界在它的阴凉里，
把哀愁化为幸福。

造物主像顽皮少女，
坐在高山的峰顶；
那澄澈如水的月色，
就是她的笑影。

生活欲望那样炽热，
羞愧又使她难以摆脱；
她受到青春的强大冲击，
受到痛苦的无情折磨。

在她心房的上空，
布满失望和焦虑的阴云；
然而，她的爱情之火，
却未因此而烧尽。

想起今天的可怕情景，
她无可奈何地闭上眼睛；
作孽的正是自己的恋人，
她怎能不由衷地哀痛？

"爱是多么苦恼的事情，
它与我的思想背道而行；
藏在心中的美丽图画，
到头来竟是一场迷梦。

幸福好比春天的树林，
可怕的火正要把它烧尽；
有谁能来扑灭它？
这块土地上空无一人。

痛苦使我睁开眼睛，
困乏使它们变得通红；
看无边的世界像个鸟巢，
痛苦也使它不得安宁。

周围寂然无声，
只有风瑟缩走动；
忧愁惨淡的烟尘，
弥漫了整个天空。

心啊，渴望着爱情，
焦虑也与日俱增；
好像追求了几个世纪，
愈是失败愈要力争。

世界被痛苦慑服，
正在瑟瑟发抖；
天空中黑气滚滚，
那是失望的浊流。

大海也不能平静，
浪涛在不住地翻腾；
月轮外昏暗的晕环，
像是被火烤焦的颈圈。

迦马耶尼　171

天空像个巨大的烟团，

星星像一簇簇跳动的火焰；

天空又像有千条巨龙，

星星是它们的宝石项链。

世界上的一切都在哭泣，

因为万物都有不平的遭遇；

若能戳破假象洞见灵魂，

可知人心的可怖和残忍。

恶有恶报，

轮回不爽，

谁给生活以残暴的侵伤，

谁就在痛苦中凄惶。

生活中的失足，

被称为理智的舛误；

留下一个污点，

便成为悲伤的源泉。

那可怕的罪孽啊，

标志着世界的缺陷；

它剥夺了生活的欢乐，

使大地笼罩着黑暗。

大神啊，月亮是你手中的头骨①，

里边盛满黑色的毒素；

你一饮而尽，平安无恙，

像晶亮的星星一样安详。

你把全部的毒汁饮尽，

这世界才能重新生存；

而你永远平静如常，

怎么会有如此海量？

在天空的万顷碧波上，

你的座位牢牢安放；

大神啊，你是谁，

把汗水挥成满天星光？

星星像三千世界的香客，

在银河路上疲劳奔波；

他们是否要拜在你的脚下，

请求你接受他们的功果？

然而那又谈何容易，

他们未尝得到你的认可，

---

① 这里说的是湿婆大神在众神搅乳海后喝下毒药的神话典故，而"头骨"即密教用以为容器的髑髅钵。显然，这个用髑髅作饮器的湿婆形象带有密教色彩，是中世纪以后出现的形象。

像乞丐一样去了又回，

最终仍是一无所获。

在你剧烈的舞蹈中，

大宇宙变化无穷，

在破坏中得到发展，

时刻都在更新面容。

为什么人们都有错误，

是为了达到完美的程度？

为什么人人都要死亡，

是为了新生命获得青春的力量？

世界在急遽前进，

为什么不在某地耽搁？

在它不断毁灭的时候，

为何其中隐藏着欢乐？

人与人淡漠疏远，

心与心冷酷无情；

难道这是做人的准则？

难道这就是人的天性？

为何前进中障碍比比皆是，

像带子紧紧地束缚着腰肢？

生活中为何有这样的人，
别人哭泣他才能满意？

一个人怎么会遗忘，
别人对他的恶劣行状？
他又有什么办法，
把毒液化为琼浆？"

摩奴醉意正浓，
心中又有欲火升腾，
一股巨大的力量，
使他走向西尔塔的身旁。

那袒露的圆润臂膀，
那高高隆起的胸膛，
像召唤他前去拥抱，
使他冲动，给他力量。

随着那均匀的呼吸，
她的胸脯起伏高低；
这是青春生命的潮汐，
应和着月色的笑意。

她醒着是那样美丽，
睡去也宛若花枝，

她是一轮圆月，
在夜晚光彩熠熠。

在她健美的肢体里
仿佛有电的引力；
那卷曲的长发里，
仿佛藏着蓬勃的生机。

像刚进行过艰苦劳作，
她经过一场痛苦思索；
汗水像明亮的珍珠，
一串串挂在前额。

她舒展地躺在那里，
摩奴去抚摸她的身体；
这棵多刺的玫瑰，
似乎感到一阵惊悸。

洞中半明半暗，
像罩着朦胧的大伞；
今天爱欲格外强盛，
使他像发了疯癫。

在酣睡一场之后，
迦马耶尼渐渐清醒；

她显得不太高兴，
脸上毫无表情。

心中喜爱的东西，
往往与你远离；
心中恼恨的东西，
往往纠缠着你。

离开了心爱的人，
仍然受到他的吸引；
爱情就像水流，
撞在岩石上又要回头。

摩奴轻轻地，轻轻地，
握住西尔塔的手；
那手像树上的新叶，
在雨季的薰风里颤抖。

他眼里带着埋怨的神情，
语气里充满恳求和温存：
"我的女神啊，
瞧你多大的怨恨。

我要把这块土地变为天堂，
你千万别使我失望；

女神啊，像从前一样，

我要听你重新把爱情歌唱。

快睁开你惺忪的睡眼，

看这明月高悬的夜晚；

在这撒满月辉的土地上，

只有我们俩相依为伴。

这迷人的自然界，

为供我们享受；

让生活的峡谷中，

奔腾起爱的激流。

世界上有艰辛的空虚，

也有这一切引起的焦虑，

不过，很快都可以忘记，

忘记这精神造成的恐惧。

那就是把人间变为天堂，

让欢乐地久天长。

生活的美好情趣，

就在爱的蜜滴中隐藏。

苏摩酒中掺着蜜糖，

亲爱的人啊，你尝尝；

让我们俩人一起，

在沉醉的秋千上摇荡。"

尽管西尔塔已经醒来，

却仍像笼罩着睡意；

似有一种甜蜜的情绪，

使她的身心都感到舒适。

西尔塔平静地问道：

"你说的是些什么？

现在你倒激动不已，

是受什么情绪的驱使？

倘若明天就发洪水，

有谁还能留在这里？

说不定你会有新的伙伴，

还可以举行新的祭仪。

你会以某个神的名义，

再一次杀生献祭。

这是多么虚伪，

名为祭神，实则为己。

在这永恒的世界上，

一些生灵幸免于洪水；

难道它们没有生的权利？
难道它们没有存在价值？

摩奴，也许这就是你的
新人的闪光本质？
可悲啊，这样的人性，
活着，不啻为一具僵尸！"

"为自己幸福并不可耻，
西尔塔，它也有存在的意义；
在短暂的一生中，
这是最高的日的。

假如我们感官的欲求，
能不断得到满足；
假如心中享乐的念头，
随时可以流露；

假如能在宜人的月夜
绽开温柔的笑容；
假如能为理想彼此献身，
拥抱在一起，息息相通；

假如世界上的美好事物
能集合起来为我所用，

你说，这是不是天堂？

这不是自己莫大的幸福？"

"为寻求幸福，

我走遍喜马拉雅山麓；

生活就是这样多变，

贫瘠的荒野正要成为乐园。

可是，骗人的命运啊，

为什么要玩弄这种魔术；

把现世的幸福生活，

变为空虚和不足。

我们的全部行为，

终归为了自己；

让我们的愿望实现吧，

否则，这些努力便徒劳无益！"

西尔塔似乎有点困乏，

她用温和的语调说话：

"如果你还有一些理智，

小心大自然再把眼睛睁大。

洪水会东山再起，

如果你不想被它吞噬，

就得汲取教训，

对别的生命也要爱惜。

集全部幸福于一身，

一个人怎么前进？

他势必遭到毁灭，

毁灭于可怕的私心。

摩奴啊，要从别人的笑声中，

去吸取欢乐和幸福；

要把自己的欢乐扩大，

扩大到人人都有幸福。

为造物主献祭，

这只是一种仪式；

我们为全世界服务，

却能促进它的进步。

集全部幸福于一身，

只能把痛苦留给他人；

别人在受苦受难，

难道你能理得心安？

倘若花苞紧闭花瓣，

花中香气不能飘散；

花蕊蜜汁流不出来，

就意味着死亡和腐烂。

倘若它就这样凋零，

又在地上碾作泥泞，

那么你从哪里得到，

这大地上沁人的香风？

不能为填补私欲，

才去开拓幸福的土地；

要让别人看到它的花朵，

也得到它甘美的果实。

你独处于荒山野林，

难道会有愉快兴奋？

既然这里也有别人，

他们就不能悦目赏心？

如果幸福的风吹到你，

享受它也未尝不可；

世界进程并不这样简单，

它要求我们具备人的美德。"

西尔塔这样说着，

心在激动地跳跃；

爱情的火在燃烧，

使得她唇干舌燥。

摩奴端着苏摩酒，

看天色已经不早，

"西尔塔，把它喝掉，

它能解开束缚智慧的镣铐。

我将照你的真理努力，

不谋个人的福利；

我既然这样劝你，

不喝怕不能过意。"

两双目光一往情深，

苏摩酒润湿了红唇；

她醉心于幻想的胜利，

激动的热血涌遍全身。

谎言也有魅力，

能蒙蔽天真烂漫的心地；

像哄诱孩童玩耍，

使人把纯洁的品德忘记。

前进总有方向，

生活虽有目的，

谎言的一个小小动作，

就可以使它们偏离。

现在，谎言的欺骗力，
给摩奴以巨大支持；
他的装腔作势，
使一颗心在幸福中沉迷。
"西尔塔，世界如可怕的黑夜，
你就是夜空中升起的明月；
愿我的生活幸福，
你就是这幸福的一切。

羞怯是一块被单，
把心里话蒙于黑暗；
它使人缺乏勇气，
把'卿卿我我'分为两半。

快把这障碍除尽，
它把我们的爱情蹂躏；
快把幸福合到一起，
紧紧结合，永不离分。"

然后是一个炽烈的亲吻，
它使周身的热血滚滚；
为解除这难忍的饥渴，
冷静的人也荡起春心。

在寂静的岩洞里，

两根干柴在燃烧；

火焰渐渐地熄灭，

像美梦云散烟消。

第八章　嫉妒

那一瞬间的冲动，

使她在精神上丧失了主权；

像月光一闪而过，

余下的仍是长夜漫漫。

摩奴如今除了打猎，

仿佛无事可做；

脸上沾着血污，

宰杀野兽是他的欢乐。

暴殄牲畜已经不够，

他坐立不安，别有所求；

要占有更多的幸福，

就得斩断后顾之忧。

凡是到手的东西，

他已不感到新奇；

西尔塔不能给他更多乐趣，

反而变成他的忧虑。

心中欲望常常难以压抑，
消除它只能依靠自己；
像彩虹虽然五光十色，
但最后也自行悄然匿迹。

"自身发展的门径已被关闭，
这样浑浑沌沌要到几时？
最大的享乐殊难取得，
达到目的的道路竟在哪里？

西尔塔表达爱情的方式
简单而又幼稚，
既没有热烈的拥抱，
又没有风骚的话语。

她不多情，不伶俐，
不会满面春风地迎遇；
不愿意寻欢作乐，
缺乏春花般的新意。

在她的谈吐里，
从来没有情丝一缕；
没有新鲜的朝气，

更别说撒娇献媚的顽皮。

她总是坐着收拾菜籽，
从来不会偷懒；
要么在田里采集粮食，
从来不知疲倦。

她忙于选种留种，
或者哼着歌儿纺线；
她是那样专心致志，
看都不看我一眼。"

他狩猎疲劳不堪，
回到山洞的门边；
他正在考虑问题，
不想继续向前。

他把猎物放下，
懒洋洋地坐在地面；
一旁丢着他的什物，
牛角号、绳索和弓箭……

"西天绚丽的晚霞，
已经钻进黑暗的帷帐；
他这么晚还不回来，

莫非被野兽引向远方？”

她长发披到脚跟，

手中转着纺轮；

她这样思索着，

不由得黯然伤神。

她的脸瘦若黄花，

眼睛里充满温情和困乏；

瘦弱的身体抖动如风中枝条，

新的羞怯又刻在双颊。

将挑起做母亲的重担，

胀起的双乳沉重地下垂；

缠在胸前的黑绒带子，

既是保护又是漂亮的点缀。

黑带犹如亚穆纳河水，

蜿蜒流过金色的沙滩；

又像在天河的水面上，

盛开着一串青莲。

新做的衣裙围在腰间，

黑绒织成，轻柔宽缓；

腹中阵痛虽难忍受，

做母亲的心却很香甜。

额上的汗水如玉润珠圆，
闪现出母性的自豪情感；
汗珠落地像撒下花朵，
美好的日子就在眼前。

当摩奴看到西尔塔，
体格单薄，形容憔悴；
感到她已失去昔日丰姿，
与他的欲求恰相反对。

他感到无话可说，
只威严地默默注视；
西尔塔微微一笑，
已猜透了他的心思。

她的话仍然含着深情：
"你整天在外面转个不停，
对杀生有那么大兴趣，
甚至使你忘记家庭？

我在家等你孤苦伶仃，
总像听到你的脚步声；
当你在林中追赶猎物，

我的心常常不能平静。

金灿灿的太阳已经落山，
你却如红霞贪恋天边；
你不见林中鸟双双归还，
巢穴中抚幼雏情意绵绵。

为何禽鸟家中尚有温暖，
我的家却这般清冷孤寒。
你到底为什么难足心愿，
致使你在外面竟日流连？"

"西尔塔，你倒非常知足，
我却感到缺乏和忧愁；
如同失去了什么东西，
心上留下惨重的伤口。

男人总喜欢放荡不羁，
拘束的生活不堪忍受；
若像个瘫子不能行走，
何异于一座荒塚野丘？

假如爱情意味着枯燥，
它牢牢地捆住人的手脚；
它越是要捆得结实，

人就越要把它挣脱掉。"

他含羞说了这些话语，
像甘泉从口中四溢；
像充满快乐的歌声，
变成了甜甜的空气。

"你急切的爱都在哪里？
或许已经全被忘记；
希望好比细柔的纤维，
被旋进了你的纺锤。

你无须纺线织衣，
难道我没给你柔软的兽皮？
你无须种植采集，
难道打猎供不上你的吃食？

可你偏要自讨苦吃，
累得面黄肌瘦，力竭精疲；
西尔塔，告诉我，
难道这里还有什么秘密？"

"我知道，在森林行走，
要防备吃人的凶兽；
为了自身的安全，

你应当有武器在手。

可是那些驯良动物，
能给我们许多好处，
为什么不让它们活着？
道理我实在弄不清楚。

皮可以为它们遮体，
毛可以为我们织衣；
它们长得肥壮，
可以给我们甘美的乳汁。

它们既然没有敌意，
喂养它们对我们有利；
既然可以改善生活，
何苦不做它们的护庇？"

"你的意见我难同意，
到手的幸福不能随便抛弃；
生活就是一场斗争，
失败就丧失了享乐的权利。

西尔塔，生命宝贵而短暂，
我不能满足你新奇的心愿；
人生像树叶一样容易枯落，

我已决定尽力享受天年。

难道你没有看见，
洪水吞没天堂般的乐园？
你还相信所谓真理，
不知道毁灭便是长眠？

既然已经发过洪水，
为什么还期望久住长安？
为什么积攒那么多温爱，
向其他生命去投寄情感？

你的心承受着压力，
愿它只为我分担忧虑；
夫人啊，只需把爱给我，
这是生活授予的赠礼。

让它成为我的安慰，
建成一个美好的世界；
让幸福的浪花迭起，
让蜜汁涌流不歇。"

"我倒是建成一个居室，
走，去看看我的茅舍。"
她拉起摩奴的手臂，

急切地向那里走去。

紧紧地靠着岩洞，
搭了个安静的草棚；
那里有细嫩的树枝，
长得扶疏茂盛。

树叶连成整洁的围墙，
墙上开着几扇小窗；
风和云片可以进来，
又会很快自动飘开。

棚里有个好看的摇篮，
是用均匀的藤条缠编；
地上撒满馨香的花粉，
柔软光滑而又平坦。

一个多么甜蜜的心愿，
在这里悄悄徘徊；
一首多么吉祥的歌曲，
萦绕在她的胸怀。

摩奴看着这个茅舍——
这个持家女神的杰作，
心中不以为然：

"这是什么？谁的乐园？"

还是西尔塔首先言明：
"瞧，新巢穴已经落成：
这里没有拥挤混乱，
也不闻雏鸟啼鸣。

每当你出门远去，
我便可以来到这里；
转动手中纺锤，
沉浸于四周的静寂。

随着纺锤的旋律，
我将唱一支歌曲：
'纺锤啊，你慢慢旋转，
我爱人狩猎去得很远。

像你的细线不断加长，
愿我的生活安乐无疆；
为身体穿上漂亮衣裳，
愿精神也得到美的发扬。

你纺的线闪闪发亮，
我的生活会有新的曙光；
让小小身体穿上衣裳，

像阳光给大地披上盛装。

你把贪婪的目光遮挡，
使人体更加优雅大方；
为人体穿上漂亮衣裳，
如同鲜花由绿叶陪傍。

我那未来的小生命，
不会像野兽赤身裸体；
他决不会那么麻木，
连缺少什么都不知悉。'

不管你走到哪里，
我这小世界不会空闲，
我将为小生命铺上，
松软的花粉褥单。
轻轻晃着他的摇篮，
慈爱地亲吻他的小脸；
紧紧把他抱在胸前，
常常到山谷中去游玩。

他将笑盈盈地跑来，
微风拂起光洁的头发；
他将启唇欢笑，
像刚刚开放的鲜花。

他会用和悦的声音，

乖乖地和我说话；

像清爽的油膏，

擦拭我的伤疤。

我眼中的泪水，

会变成蜜的珠滴，

他天真的眼睛，

会使我心旷神怡。"

"像杏花开满枝头，

你幸福的潮水会汹涌奔流；

而我却得不到满足，

需不停地四处寻求。

这种嫉妒我不堪忍受，

我也需要爱情和温柔；

愿这五大元素的世界，

只供我一个人享受。

你的爱是属于我的，

如今它被劈为两半；

不，我决不做乞丐，

不乞求你的爱怜。

你是多么慷慨，

像乌云把雨水洒开，

而我要像圆满的秋月，

在幸福的天空独往独来。

你的笑脸会有诱人神采，

你的月光也显得人度宽怀；

娴于魔法的女巫啊，

我不会跪乞你的赏赉。

不要把爱情当作施舍，

以为它能束缚住我；

西尔塔，你错了，

那样反倒使你心劳日拙。

你尽可以自得其乐，

也让我自食苦果；

我深信这样的格言：

最苦莫过于束手无策。

今天我要彻底解除，

这装满怜悯的包袱；

吃苦将是我的欢乐，

愿幸福之花常开在你的园圃！"

他妒忌地离去，

身后是一片空虚；

"站住，狠心人，听我说……"

喊着喊着，她在疲惫中沉默。

第九章　伊拉

"生活的冲击裹携着

　　　五大元素的尘嚣；

像不知从哪个深穴中

　　　奔突而来的狂飙。

它使一切恐慌，

　　　自己也在恐慌中消亡；

人使世界哀伤，

　　　自己也在哀伤中彷徨。

又创造又破坏，

　　　不断显示自己的天才；

又是恨又是爱，

　　　常在矛盾斗争中徘徊。

生命像利箭，

　　　离开远古存在的弓弦，

不知道目标何在，

　　　一味穿行于空间。

我看到高傲超脱的山峰

　　　由冰雪装点；

它们以静穆而自豪，

使大地为之黯然。

它们凝神静坐，

　　　眼里没有愠怒和伤悲，

欢快的河流

　　　是它们身上流下来的汗水。

我生活中不要这种

　　　无知的超脱和自豪，

我心中的希望

　　　应当像风一样不受阻挠，

吻着有知和无知的万物，

　　　步步掀起波涛，

或者像光芒万丈的太阳，

　　　在天空中环绕。

妒忌使我离开

　　　原先生活的美好家园；

为寻求发展

　　　走遍了丛林沙漠和荒山。

我是疯子，

　　　难道对谁怀有怜悯和温情？

我对谁慷慨，

　　　不曾同他做激烈的竞争？

在荒原上，

　　　我痛苦的呼喊得不到回答；

我像热风吹枯的草木,

    何时重开鲜花?

我仿佛居住在

    海市蜃楼般的世界之中;

梦境已经荒芜,

    花草岂能再欣欣向荣?

蓝天像太阳,

    透过生活的一缕微光;

希望像花朵,

    周围设下荆棘的屏障。

我走过多少坎坷的路,

    终于困顿止步。

超脱的山峰在讥笑

    一个流亡者的痛哭。

命运女神的可怕舞影

    将这个世界掩埋,

她每一步跳跃

    都给这个空间留下失败。

我仿佛在夏夜里

    捕捉流萤,疲于奔命,

我失望的是,

    一捉到手它便失去光明。

生活之夜啊,

你的浓雾如无边的大海；

把多少纯洁的

　　心灵之光融进你的胸怀。

使世界万物

　　在你的怀抱中醉眠不醒，

你瞬息万变，

　　忽而有形，忽而无形。

失望者即使看到你

　　一丝闪亮的温情，

也会像妇女在发缝间

　　抹朱砂那样荣幸^①。

你是灵魂的寄居处，

　　包围爱情的阴云，

像幻术女王的雾鬟，

　　天上权力的化身。

生活之夜啊，

　　希望之火中升起的烟云；

使失望的痛苦

　　像短命的火星发出呻吟。

青春像亚穆纳河

　　穿过春林奔流向前，

春心却如扁舟一片，

　　只能随波逐流。

---

① 印度习俗，已婚妇女在头发分缝间抹上朱砂，表示丈夫健在、生活幸福。

你是昏暗线条绘出的

　　生动的艺术珍品；

你是女神眼窝的青黛，

　　美丽而迷人。

杜鹃鸟鸣春的回声

　　环绕在碧蓝的天际，

对远徙他乡的游子

　　却只是痛苦的悲啼。

那断壁残墙

　　是这座荒城兴衰史的脚注，

荒城的奇怪轮廓

　　象征着人的崎岖命运。

有多少幸福的回忆

　　化作遗愿四处盘旋，

有多少痛苦的恶感

　　变成败叶埋进颓垣。

它各个角落充满悲哀，

　　令人悯而不爱，

像枯树盘着青藤，

　　上空还有当年气概。

掩埋生活的丘墟上，

　　尽管是灯烛荧荧，

它闪烁跳动，

　　终将自行熄灭归于寂静。”

摩奴丢弃了

    与西尔塔共同生活的安康，

流浪到一座城市废墟，

    在那里胡思乱想。

在静静的黑夜，

    萨拉索提河[①]流水洋洋；

星星目不转睛地看着

    地上的苦痛凄惶。

因陀罗繁华的滨河之城

    如今何等荒凉，

回忆起天帝降魔的佳话

    更加令人哀伤。

当他看过圣城萨拉索特[②]

    满目悲惨景象，

正长夜浩荡，

    他疲劳仆地，像噩梦一场。

"由于生活信念不同，

    神魔间展开游戏，

魔鼓吹崇拜生命，

    神则满怀坚定信念；

'我们永远崇拜，

---

① 印度古代的一条圣河，久已消失，原在今印度旁遮普邦。

② 印度公元前古国及其都城，坐落在萨拉索提河畔，以天帝因陀罗为保护神，久已荡然无存。

我们崇拜自己的福利，
我们是欢乐和力量的中心，
　　是追随者的荫庇；
我们是欢乐之源，
　　生活在多样性中发展，
我们进行新的创造，
　　世界永远蓬勃向前。'
而阿修罗只专注于
　　博取肉体的幸福，
就不可避免地受到
　　生活规律的束缚。

一方苦于肉体享乐，
　　一方追求精神满足；
由于信仰不同，
　　双方固执己见互不信服。
于是，干戈代替辩驳，
　　引起一场大战；
战争带来骚乱，
　　敌对情绪至今不散。
我既迷恋享乐，
　　又贪图无拘束的生活，
崇拜超乎神魔的力量，
　　以免洪水折磨。
如今神魔之争变成

我心中的极大苦痛，
这才感到失去西尔塔
　　　是多么不幸。"

"摩奴，你忘记了
　　充满自信力的西尔塔，
轻视她，怀疑世界的
　　真实和人生的重大。
你只把转瞬即逝的
　　享乐视为真实，
以纵欲为宗旨，
　　唐突大义，荒诞无稽。
你倾心夫权思想，
　　忘记了女人的权利，
忘记了享受权利
　　双方的平等关系。"
这声音如此强劲，
　　震响了天空和大地，
也震撼了摩奴的心，
　　使它疼痛不止。

摩奴想："是谁？
　　又是给我苦恼的爱神？
已徒有其名的往事
　　又重新在眼前降临。

上天赏赐的昔日幸福

　　折磨起我的灵魂，

那令人讨厌的痛苦

　　又来焚烧我的身心。"

摩奴问：

　　"难道我一直迷误到今天？

为我得到西尔塔，

　　难道你没苦口相劝？

我得到了她，

　　也得到她的美丽心灵，

可是为什么，

　　我的爱欲总得不到平静？"

"摩奴，她给了你

　　一颗真情实意的心，

它闪耀着理智的光辉，

　　是生活的权准。

而你只把自己当作

　　她美丽躯壳的情人，

在美的海洋中，

　　你只汲取了一碗毒鸩。

你极其愚蠢，

　　不能明了自身的短处，

与她结合本可弥补，

而你却自己停步。

‘愿一切属于我’

这想法既偏狭又糊涂，

它像一艘陋舟，

怎么能在心海中横渡？

你现在为了逍遥

把一切过错委诸他人，

像密咒附身，

思想中永远会产生矛盾。

枝头上新开的花朵

常常与荆棘在一起，

受兴趣的指使，

你可以采花或者摘刺。

你没有接受生命的火焰中

那爱的光辉，

却把焦灼的欲望放在

昏暗生活的首位。

将来你若建立国家，

那里会祸患无穷，

你像个小小部件

随着命运的车轮流动。

那新的人类将因不平等

分出许多种姓，

他们将在无谓的争执和殴斗中

　　断送性命。

他们将日夜离心离德，

　　永远不得安宁，

得到的不是望中所求

　　而是望外的苦痛。

他们荒凉的心境

　　将永远被屏幕遮掩，

互不了解，使社会

　　每况愈下日薄西山。

即使他们占有一切

　　也决不会感到满足，

思想狭隘目光短浅

　　将使他们永远痛苦。

像白云缠绕着山峦，

　　泪水伴随着心愿，

生活之河呼啸向前，

　　把痛苦卷在浪尖。

充满欲望的青春闪过，

　　像落叶很快枯干，

新的疑惑又产生，

　　不断引起灾难和慌乱。

正是自己人

　　会铺天盖地起来反叛，

禾苗萋萋的田地

将遭到荒芜的摧残。

痛苦中的人

　　就像云中五彩六色的彩虹，

又像是趋光的飞蛾，

　　和欲火同时丧生。

吉祥的秘密是圣洁的爱，

　　被私欲掩埋，

世界将唱起人生的恋歌，

　　离别的愁怀。

失望常常使人们哭红双眼，

　　难填欲海，

把自己切成碎块分给别人，

　　或恨或爱。

理智和感情相对立，

　　如冰炭不能同在，

感情偏走自己的路，

　　不听理智的安排。

光阴哭泣而过，

　　昔日的美梦不复存在，

生活的秋千

　　在胜利和失败间荡去荡来。

不同的虔诚将把人生

　　携上艰难的道路，

人的无穷而有效的

　　　内在力量将受束缚。

或者显出胜过爱的力量

　　　以使私欲满足，

他们将是宿命论者，

　　　没有远大的前途。

学到一点知识

　　　便手舞足蹈，吟诗作赋，

他们浮光掠影的艺术

　　　也不会久留长住。

永恒的时间

　　　被分成无数刹那流逝虚度，

你得不出正确结论，

　　　善比恶高尚在何处。

战争将代替生活，

　　　美德飘在血泊火海，

你的疑惑同自己作对，

　　　使你痛苦难耐。

你将掩着本性，

　　　而表现出虚伪的姿态，

你像孤傲的塔，

　　　在平展的地上徘徊。"

"西尔塔纯真无邪，

是世界善美的表征，
献出全部新的精神财富，
却遭你欺蒙。
不论现在或未来，
你都得不到幸福，
整个世界都将走向
完全悖谬的道路。

你常惴惴于老和死，
殊不知生活多变，
忘记变化永恒，
以为死是一切的终点。
欺骗西尔塔，
你变成痛苦忧伤的玩偶，
你的人民也是命运的奴仆，
因循守旧。
他们不知道
'这个世界便是欢乐之乡'，
他们本性放荡，
盲目地寄希望于天堂。
靠一己之力不能实现希望，
徒有迷惘，
他们在人生路上行走，
永远疲倦彷徨。"

像大鱼入海，

　　这诅咒声在空中消散，

和风鼓浪，

　　星星如水中泡沫可怜地闪现。

整个世界安静无声，

　　那旷野似已疲倦，

漆黑的夜，

　　摩奴焦躁不安地长吁短叹。

他想："今天又是那

　　无形的爱神来到身边，

像上次一样，

　　在我生活中投下黑暗。

他注定了我的命运，

　　未来将痛苦无边，

现在，竟然毫无办法

　　来解除我的苦难。"

萨拉索提河奏起琴弦

　　平稳地从绿谷流过，

岸边的石头呆呆地立着，

　　无情而冷漠。

那快乐的流水不知忧虑，

　　载满了欢歌，

积极自觉力求精进，

　　是潜心作业的楷模。

那冰冷的水波

　　　　一阵阵地冲刷着河岸，

红光投在水上，

　　　　构成一幅绝妙的画面。

它像目标明确的行人

　　　　沿既定路线前进，

它仿佛在窃窃私语，

　　　　传达着美好音讯。

璀璨的东方，

　　　　旭日像红莲撒下金色花粉，

它的芳香驱走黑夜，

　　　　唤起晨鸟的妙音。

朝霞似锦，

　　　　织成司晨女神美丽的衣裙，

晨风温馨，

　　　　鼓动起四面八方蜜的波纹。

一个美丽的少女

　　　　使这幅画卷更加动人，

那双眼像节日新开的荷花，

　　　　令人欢欣。

含笑的面庞照亮周围，

　　　　像太阳的光晕，

也照亮了摩奴那颗

　　　　沉睡在黑暗中的心。

她披散着的头发

　　像诱人深入的罗网，

前额洁白，

　　如世界之王冠冕上的月亮；

两道目光像荷叶杯

　　倾出爱和忧的酒浆，

口若初绽的花蕾

　　伴着蜜蜂的歌唱。

胸前像聚集了

　　世间一切智慧和力量，

手中仿佛握着

　　生活的乐趣和无畏的思想。

腹上三条波状纹理，

　　说明她三德①昭彰，

亮闪闪的纱丽斜缠，

　　步履间节奏铿锵。

平定心中悲叹，

　　生命的平湖罩着浓雾，

像懒洋洋地昏睡，

　　急躁的风慢慢停住。

像花苞里藏蜜，

　　甜在它自己的心头，

———————————

① 这是诗人对女性身体美的附会性解释。

寂寞中的摩奴，

　　见到她便立即开口：

"啊，这是谁，

　　喜盈盈浑身金辉和朝气？"

他仿佛从梦中走出，

　　沐浴着灿烂的晨曦。

这奇遇又唤回

　　他从前充满爱情的生活，

他心海上翻腾的浪花

　　像是载舞载歌。

只见她微微启动

　　那富有辩才的唇舌：

"我叫伊拉。

　　你是谁？在这里困厄。"

她歙张薄薄的鼻翼，

　　带着非凡的悦色。

"我是摩奴，

　　这世界苦难的游客。"

"欢迎！毁于地震的

　　萨拉索特是我故园，

我一直在期待着

　　能收拾这破碎的山河。"

"女神啊，我前来请教：

人为何生活？

告诉我，如何能打开

　　世界未来的巨锁？

宇宙的空穴

　　张着星辰雷电织成的魔网，

它像死神指挥的

　　吞噬一切的惊涛骇浪。

难道尘世间的弱小生命

　　只配享受恐慌？

难道这冷酷无情的创造

　　只是为了灭亡？

那么至今还以毁灭为创造，

　　多么愚蠢，

谁是宇宙之主？

　　他定未听到凄惨的呻吟。

小小的幸福之巢

　　被层层痛苦所包围，

究竟是谁

　　把这宽大无形的帷幕低垂？

这哀伤的天空

　　像是遥远的土星的阴影，

据说，有一个巨大的光团

　　便发自土星。

它能否为支持我们

　　投来一小束光明？

使我们挣脱命运的网络，

　　自由驰骋？"

"它未必支持你，

　　傻子才能靠它活命，

我们要靠自己的力量

　　走完既定的路程。

不要伸出双手，

　　而要迈开自己的双脚，

如今谁也不能

　　把这前进的热情打消。

你孤立无援，

　　不依靠智慧就不能安身，

思想基于智慧，

　　舍此之外，别无遵循。

自然界最美妙富饶，

　　至今却无人问津，

你要准备好，

　　为探索它的秘密不辞劳辛。

掌管和控制一切，

　　在这个过程中增长才能，

哪里平等，哪里不平，

　　它全由你决定。

你要用普通的知识

    把无知变为有知，

在整个世界上

    到处会布满你的荣誉。"

在这空旷的世界上空，

    蓝天张开笑脸，

其中隐含着多少

    生老病死离合悲欢！

如今摩奴在自己身上

    压上艰苦的重担，

朝霞见他决心已定，

    在东方露出笑颜。

南方的季风

    像活泼的少女也赶来凑趣，

群星陶醉于大自然的桃腮，

    昏然隐去。

蜜蜂在繁盛的荷花丛中

    相互追逐嬉戏，

大地上的万物

    似乎把一切哀愁忘记。

"我生活的黑夜

    见到你就躲到地平线下，

你像朝霞一样出现，

多么慷慨豁达！

像晨鸟开始欢叫，

　　我的心也开始苏醒，

像大地充满阳光，

　　生活中又燃起热情。

抛弃依赖，

　　满怀自信，并有所前进时，

我感到好像今天

　　才在这里获得菩提。

我决心铁定，

　　要让生活去满足功业，

并以此叩开幸福的门扉，

　　坚持不懈。"

第十章　梦境

黄昏把西天红莲

　　摘去玩耍消遣，

红莲何时凋落，

　　已然无处打探。

黑夜的手又抹去

　　天边的残红，

群芳入眠，

　　枉费了杜鹃巧啭。

西尔塔躺在地上，

像花朵失去蜜香，

像没有色彩的图画，

线条杂乱无章。

她像黎明的残月，

惨淡无光，

她像迟暮的天空，

苍茫空旷。

红蕖、白荷、青莲，

统统凋残，

西尔塔的池塘

再没有蜜蜂盘旋。

生活的云层里

没有闪电雷鸣，

严冬的沍寒冻僵了

细细的山泉。

周围一片寂静，

听不到虫鸣蚤吟，

受世界无端的鄙弄，

她成为痛苦的化身。

昔日葳蕤的花丛，

如今是余阴委地，

她曾有一线希望，

如今是永久分离。

阳光像小鸟

    在蓝天不停飞翔，

疲倦回巢

    便酣然进入梦乡。

她孤独的生活里

    却无安静时刻，

心头的乌云

    常闪出回忆的电光。

黑夜撒下青莲的花粉，

    慢慢盖严了幽谷远岑。

山石草木

    悚然聆听她的悲歌，

歌声里充满了

    叹息和呻吟。

"恒河女神啊，

    人生苦乐各几何？

天上星星和水中泡沫

    哪个更多？

你上映着星空下连着海，

    应把二者同源的秘密揭破。

宇宙间有多少

变幻莫测的图像，

又有多少色彩

透过霓虹的门窗；

然而它们转瞬

便化进蓝色天空，

给人间罩上

灰蒙蒙的痛苦帷帐。

在无月之夜

也不要叹息呻吟，

油尽灯存

岂能为爱情烧毁身心？

棚中的荧荧灯火

莫要熄灭，

旁边没有飞蛾

倒也自在清洁。

让杜鹃鸣出心声，

我只默默倾听，

然而，它唱不回

从前的良辰美景。

在这叶落枝空，

充满期待的时节，

迦马耶尼，

要坚心矢志忍受一切。

稀疏的花丛里，

　　　风声凄凄，

唤起回忆，

　　　却没带来相会的消息。

仿佛全世界

　　　都对我这无辜者不满，

眼中的泪水啊，

　　　去打湿谁的衣衫？

往事像零散的链环，

　　　节节辛酸，

孤单时连缀它们，

　　　会感到香甜。

原指望爱情生活

　　　美好长存，

可如今如何解开

　　　苦乐纠缠的麻团？

忘却吧，

　　　往事又有什么值得顾念？

如今没留下

　　　一点点爱情和温暖。

我美好的愿望

　　　都随流水逝去，

丈夫冷酷的胜利

　　并非我的失算。

没有拥抱的绳索，

　　微笑的闪电，

那海誓山盟

　　也只是痴情一片。

我固然受骗，

　　而献身是穷困者的自豪，

我确曾给出一切，

　　至今也无可非难。

爱情啊，

　　是多么严峻的交易，

奉献多多益善，

　　报酬不沾点滴。

像黄昏献出太阳，

　　得到零碎的寒星，

永远不能期望

　　在交换中争取暴利。

那快乐的日子

　　曾像旭日升起东隅，

春天也曾施展法力

　　送来花香鸟语；

醉人的微笑

　　曾像韶光戏弄花蕾，

都曾诈许来归，

　　如今却一去不回。

花香四溢的春夜

　　像傲慢的少女，

清晨被吵醒，

　　红着脸愤愤离去。

白昼唱着欢乐的歌

　　占满了天空，

夜晚，白天的梦

　　又变成星星的笑容。"

林中鸟鸣，

　　像奏出悦耳的丝竹，

它们早出夕归

　　牵挂着自己的巢窟。

可是久等的远行人

　　却没有回来，

黑夜的眼眶里

　　落下点点露珠。

湖中荷花流出

　　思念的蜜滴，

像珍珠,

　　映出多少诗情画意。

泪花,

　　在离别的黑暗中闪亮,

旅人,

　　可把它当作前进的干粮。

红莲花的粉瓣上

　　沾满新露,

像破碎的镜片

　　映出许多影像。

成串的笑声爱语

　　在冥冥中睡去,

离别的思绪

　　如夏夜里抖动的萤光。

像空谷中的号角

　　回旋跌宕,

希望的浪峰

　　在痛苦的岸边颓唐。

理想的飞蛾

　　涌向夜空的星光,

满眶的泪水

　　洗不净这苦胆愁肠。

"妈!"远处突然传来

动人的喊声，

母亲满心喜欢

急切地奔出茅棚。

他头发蓬松，

用沾土的手抱住妈妈，

心中将熄的火啊，

又重新升腾。

"哪里去了，

小淘气，我的生命，

像你父亲，

给我幸福和苦痛；

你像调皮的小鹿

到处乱跑，

我不加阻止，

是怕使你扫兴。"

"妈，我会扫兴？

你说得真好，

今天我不说了，

想去睡觉，

果子吃得太饱，

又困又疲劳。"

西尔塔高兴地吻他，

并未消除烦恼。

星星闪耀，

　　　　像天空的胸膛上长满水泡，

劳累一天的阳光

　　　　不知躲到哪里去消遥。

那短暂而甜蜜的生活

　　　　在记忆中燃烧，

天河水溶化并冲走了

　　　　她悲伤的声调。

爱的软索似乎解开了，

　　　　却缠得更紧，

那个人远去了，

　　　　却时时贴着她的心。

当睡意像月光

　　　　撒在平静的湖滨，

画面里出现了

　　　　她难舍难分的爱人。

爱的花瓣曾在风中刻下

　　　　美好的花纹，

而今，那盼雨的杜鹃

　　　　又在企踵天云。

迦马耶尼仿佛看到

　　　　自己幸福的梦魂，

它越过了

　　　长期苦楚和屈辱的残痕。

快乐的伊拉

　　　像一支燃烧在前方的火炬，

照亮摩奴的道路，

　　　帮他渡过灾难的山峪，

她是进步的阶梯，

　　　使人不倦地向高峰进取，

她是鼓舞人的激情，

　　　给人以热情的冲击。

她是美丽的光束，

　　　能洞见心底的秘密，

照到哪里，

　　　哪里就打开黑暗的扃闭。

她如吉星照耀摩奴

　　　不断取得胜利，

那些受庇护的灾民

　　　都愿意为她效命。

摩奴的城邦落成，

　　　所有人都来帮助，

宫殿开有许多门户，

　　　城墙雄伟坚固，

设施应有尽有，

遮阳挡雨，防寒防暑。
田里农夫大汗淋漓，
　　快乐地耕田锄土。

有人冶炼金属，
　　制作武器以及饰物，
有壮汉勇夫，
　　扛来刚猎取的熊罴獐鹿。
卖花女送来
　　做香料的花粉和含苞的花束，
就这样，
　　源源不断地聚拢着新的财物。

一边是钟鼓齐鸣，
　　声音激越高亢，
另一边歌女引吭，
　　曲调婉转清扬。
人们按各自的等级劳作，
　　各有所长，
共同努力，秩序井然，
　　城市繁荣泰昌。

人们利用一切手段
　　来聚集享受的资料，
做事的效率

使时空都显得短小。
他们在努力发掘
　　埋藏在地下的财富，
生产力的发展
　　使事业兴旺，知识提高。

创造的种子
　　发芽开花并结出累累果实，
免于洪水的摩奴
　　在积极地传播着知识。
人们看到自己的能力，
　　满怀豪情壮志，
他们无所畏惧，
　　要靠自己立足于大地。

西尔塔像恍惚的清风
　　走进这奇异境地，
她躲过守门的卫士，
　　来到了城门里。
那宫殿雕楹林立，
　　观台高耸，雄伟壮丽，
阳光下香烟缭绕，
　　厅堂里朗若白日。

宫殿连着园林，

尖尖的屋顶金碧辉煌，
树木浓密而齐整，
　　道路清洁而坦荡。
一对对情偶勾肩搭背
　　漫步于林荫道上，
一群群蜜蜂采足了花蜜
　　在嗡嗡地歌唱。

青松伸出长长的手臂
　　在同微风游戏，
美丽的园圃里千红万紫
　　花珍木奇。
好看的小鸟在鸣啼，
　　如环佩的撞击，
那声音传出树丛，
　　又在竹林里萦回。

高高的丹墀上
　　蒙着各种各样的兽皮，
在新制的华盖下
　　是国王的狮子椅。
山上采来的檀香
　　燃烧着，冒着香气，
西尔塔在梦中想：
　　我这是来到哪里？

她看见摩奴坐在那里，

　　手里拿着酒杯，

这个爱祭祀的人啊，

　　喝得满面霞绯。

前面有个女子，

　　像画中人一样俊美，

看到她你愿意死而复生，

　　活上一千回。

伊拉给他斟酒，

　　那酒越喝越有兴味，

喉咙像无底的井口，

　　千杯万盏不醉。

她坐在祭坛上，

　　像一团火那样煜炜，

愉快而又冷静，

　　丝毫不怠惰和疲惫。

摩奴问："还有什么事情

　　需要我做？"

伊拉说："你的功行

　　有何特殊收获？

全世界的财富

　　是否都已经在握？"

"不，城邦建立，

心境依然空阔。

你的美貌和迷人的秋波

究竟属于谁?

眼睛如神秘的新月,

闪着严肃的光辉,

流露出若即若离

和不卑不亢的神色,

启发我觉悟的力量啊,

你属于谁?"

"你是百姓的君主,

我是你的臣民,

关系清楚,

难道还有新的疑问?"

"不,你是我的王后,

别再让我糊涂,

小天鹅,你说:

'我在挑选爱的珍珠。'

你像东方天幕上

灿烂的霞影,

突然出现在

我命运的黑暗天空

我就是乞丐,

饥渴地乞求光明,

我的饥渴啊，

何时侵入你红唇的酒盅？"

他野兽般地叫道：

"王后，过来呀！
莫辜负如银的夜色

享乐的资财，
莫辜负这赤心慵体

四方的天籁。"
霎时间，

天空如蒙上狂醉的阴霾。

强行拥抱

使她瑟瑟发抖，惊叫不已，
柔弱的女人

竭力防守横暴的攻势。
天空中突然响起

湿婆的大吼：
"臣民犹如儿女，

罪孽应当诅咒！"

天神们怒不可遏，

搅乱了天空，
湿婆怒目圆睁，

城市惶恐地抖动。

人主变成暴君，

　　天神怎能默不作声？

作为报应

　　湿婆拉满了他的神弓。

他开始抬脚，

　　就要跳起毁灭的舞蹈，

地动山摇，

　　眼看一切就要云散烟消。

人们四散逃命，

　　摩奴也因罪恶困扰，

看到大地颤抖，

　　知道灾难又要来到。

毁灭性的娱乐

　　使惊慌的生物瑟缩一团，

人们逃命要紧，

　　早割断了爱的细线。

人民的统治者、保卫者

　　已自身难全，

又羞又恼的伊拉

　　也趁混乱跑出宫殿。

她看见激怒的人们

　　包围了宫门，

卫士也围上来，

不再对国王忠心。
暴政如重物压顶，
　　　　要么压垮要么挺身，
自古顺民，
　　　　如今已不能继续容忍。

包围中，摩奴躲坐一隅
　　　　思绪纷纷，
苦难的百姓见大门紧闭
　　　　怎能甘心？
长期积蓄的力量
　　　　像海浪在翻滚，
上面是湿婆大神
　　　　蓝色和红色的火阵。

这就是智者
　　　　插翅飞翔的理想，
这就是生活里
　　　　无限而顽强的欲望；
阶级的鸿沟形成了，
　　　　不可弥合，
这就是统治者
　　　　骗人的魔术和独创。

摩奴看到自己统治无效

气急败坏，

他不明白百姓为什么

　　　把他包围起来。

神的愤怒使人民

　　　由要求保护变成造反，

伊拉站在那边，

　　　这必是她谋划的事变。

"快关起大门，

　　　别让他们闯入宫廷！

天下大乱，

　　　别让他们搅醒我的清梦。"

他嘴上说得强硬，

　　　心里却战战兢兢，

钻进卧室，

　　　思索起人生的得失亏盈。

西尔塔一身冷汗

　　　突然睁大眼睛，

"我梦见什么？

　　　那骗子竟如此绝情！"

对远行的爱人

　　　有多么疑虑和担心，

"他现在怎样？"

　　　如此惦念直到天明。

第十一章　斗争

西尔塔的梦确是实情，
伊拉受窘，人民怨憎。
他们因地震惶恐不安，
原想到王宫躲避遭难。

没想到受了轻慢和侮辱，
精神折磨变成满腔愤怒。

伊拉脸色苍白更使他们同情，
那边，天神的舞蹈并未晏宁。

百姓在王宫前越集越稠，
卫士紧闭大门默默看守。

夜神躲到黑黑的帷幕之后，
云中的闪电不时地探头。

摩奴躲在床上忧心如焚，
恼怒和犹豫像野兽抓心。

"我建国聚民得意于一时，
对他们何曾有半点怨气？

他们像一盘散沙被我聚拢，

我又神速地把国家的车轮转动。

为使他们有秩序，便于统治，

我凭智慧好不容易制定了法律。

难道我自己也要受它的束缚，

永远不敢越雷池一步？

对西尔塔我尚不曾低头，

又何尝在自己的路上停留？

伊拉想把我变成法规的奴隶，

不同意我有至高无上的权力。

这多变的世界不受任何限制，

日月星辰也常改变自己的形式。

几回回沧海化为沧田，

一次次绿洲变成荒滩。

火的潜流深寓于万物，

它能使高山积雪化为江湖。

人生是一闪即灭的星星之火，

有谁曾在人世间永享福祚？

成千上万的星星挂在空间，
它们尚知道相互挑逗寻欢。

风在水面吹起多少涟漪，
生活中有多少无奈的哭泣。

世界的运动有自己的节拍，
像跳舞一样自由轻快。

我们有时能发现变化的节律，
就应当把它作为生活的规矩。

生活中哭和笑转化无常，
无数人为求解脱痴心妄想。

生活多灾多难，灾难中苦痛无穷，
创造像一片树林，常在毁灭中葱茏。

世界被一种规律拘禁，
这条道理已经深入人心。

人们认识它，利用它创造福利，
我制定法规，岂能用它限制自己？

我要永远无拘无束，
这个决心至死不渝。

充满毁灭的世界哪怕有片刻属于自己，
那也是精神的满足，否则毫无意义。"

他翻个身，使心情稍为宽缓，
忽见不念旧恶的伊拉站在床前。

"制法者如果不能自节，
其结果必然是毁掉一切。"

"你为什么还要到这里来，
难道造反还不够痛快？

今天的事件已经发生，
你还有什么要做的事情？"

"摩奴，想让人永远服从统治，
想让他们的觉悟永远受到压抑。

君主啊，这样做永远行不通，
至今尚无人享受到无限权力。

人有不断发展的知觉，
知觉背后藏着个精神世界。

各种精神间斗争不断，
心中永远有对立情感。

人们如果认识到各自特点，
就会永远紧密地结为一团。

竞争中的优胜者才能掌权，
应造福世界，提出吉祥路线。

因此，人的精神相互依存，
爱常在恨的泥淖中陷身。

这精神在既定路上频频失足，
沮丧地向着自己的目标迈步。

这是人生要义，也是智慧归宿，
只有创造福利，才有个人幸福。

若能让人们得到权力的荫庇，
这个国家的肌体才有活力。

世界的韵律突不破时间的藩墙，

前进着的时间在最高精神中包藏。

无始无终的精神在拼命创造，
你也要克服自我躬行操劳。

揭起地平线的帘幕才能开阔视野，
雷电奏的音乐回响在世界的空穴。

你在穴中走，要步步合拍丝丝入扣，
切莫背调离弦，破坏了节奏。"

"很好！现在无须你宣播大道，
你的鼓动力我已经领教。
令人惊奇的是你去而又来，
这是多么不凡的胆量气派！

难道做国王的权力如此有限，
连自己的心愿都不能实现？

难道我只能把权力分给国民，
我占有一点便罪恶滔天？

作为个人你给过我什么报答？
光给我理念，你居然理得心安？

既然得不到我之所求，
就请收回刚才的空谈。

伊拉，我要的是你的服从，
否则，国王何如草芥鱼虫？

见到你，便忘却一切规矩，
此时我已经完全断绝权欲。

看自然界难以平息的颤抖，
比起我的心跳也逊之千筹。

我铁石心肠，视洪水亦如儿戏，
可今天柔肠寸断，分外孤寂。

你说世界是和谐的韵律，
我与它一致能有什么乐趣？

即使生活的天空布满泪雨悲风，
只要得到你，我便会大笑出声。

哪怕海水再一次冲决堤坝，
哪怕暴风雨再一次席卷天下；

哪怕小船再一次被浪涛摔打，

哪怕日月星辰再受到惊吓；

你属于我，这回不能放你走，
我可不是你任意要弄的玩偶。"

"啊，你错解了我的良言美意，
在冲动中你会失掉既得权力。

人民惊慌地寻求护庇，
大地在一刻不停地战栗。

出于好意，才来提醒你，
话已说尽，为何还留在这里？"

"说得轻巧，你这魔女，
像儿戏一样轻而易举。

你是我面前灾厄的化身，
正是你奏起同我斗争的序曲，

为了你，祭坛升起血腥的火苗，
正是你，教给我压制人民的法宝。

四个种姓各操其业，各尽其责，
制造的武器装备，我梦中都未曾见过。

如今我急于显示自己的实力，

不断向自然开战，毫无惧色。

不要拿法规来束缚我，

容我在失望中欢乐片刻。

女王啊，把一切都拿去，

只要能说：你属于我。

不管萨拉索特毁灭还是存在，

只有你是火，别的都渺若烟波。"

"摩奴，对于我应当正确评说，

不要因得到一切就昏聩骄惰。

我教你同自然作战，

让你当国王，没有过错。

让你很容易地当上财富的主人，

现在，全部秘密都由你来掌握。

但是，你把错误推给我，

一旦我不唯命是从，便是罪过。

摩奴，令人迷惘的长夜正在过去，
东方朝霞正在战胜黑暗的夜色。

现在听我的话为时不晚，
只要你能心平气和。"

伊拉说罢向门口走去，
摩奴心上又顿生歹意。

他伸出双臂将她阻止，
她无可奈何地注视。

"女王啊，萨拉索特属于你，
你把我当工具任意驱使。

要知道，你的骗局并不高妙，
现在我已经摆脱你的圈套。

你的统治马上就要中止，
因为我已不再接受奴役。

我是国王，要永远自由和成功，
还要拥有对你的绝对权力。

否则，你的国家将顷刻解体，

整个体系都会沉进地狱。

我要看大地恐惧地发抖，
我要听天空悲伤地哭泣。

现在，你是我口中美食，
你是我怀抱中的奴隶。"

她正在叹气，宫门嘎然而开，
百姓呼喊着"女王"冲了进来。

摩奴在无力地喘息，
地上的脚在不停战栗。

他猛醒过来，抓住金刚权杖：
"听我说，你们不要喧嚷！

为满足大家，我教会你们谋生，
又按不同职业划分四个种姓。

你们受尽了大自然的欺凌，
如今不再沉默，而是学会抗争。

不再茹毛饮血，野处穴居，
难道忘记了，这是我的恩遇？"

人们听了，十分恼怒愤恨：
"看，这罪犯多么会出口伤人！

你教我们积累过多财产，
从而把我们打进欲望的深渊。

你给的幸福使我们学会怜悯，
知道痛苦不仅属于肉体还属于精神。

你发明工具夺去我们的天然能力，
你的剥削使我们的生活日益拮据。

再说，你怎样凌虐伊拉？
你活着还不是靠我们大家？

如今你把女王伊拉囚禁，
流浪汉啊，看你往哪里逃遁？"

"既然身陷世人的重重包围，
我只好孤身奋战，决不后退。

叫你知道我的胆量和膂力，
尝尝这金刚权杖的滋味。"

说着他举起那可怕的武器，
天神已忍无可忍，怒目睽睽。

百姓的支支利箭射出弩弓，
像天上落下各种颜色的彗星。

人们像狂风一样冲上前，
武器的寒光像暴雨中的雷电。

残暴的摩奴避开箭雨，
挥着宝剑向人群冲去。

毁灭的舞蹈正在加速，
空气中充斥着恐怖。

摩奴挥着手臂，心怀杀机，
他在黑暗中转战，像支火炬。

战场上声音嘈杂，情景可怕，
人们蜂拥而上，相互践踏。

摩奴受伤后退，倚柱喘息，
艰难地弯弓搭箭，射向标的。

天空风驰电掣，已有许多人丧生，

阿古力和基拉特做了民众的首领。

他俩高呼："别让他跑掉！"
摩奴早有准备："来呀，我不逃！

懦夫！原来是你们在煽动风潮，
当初我还把你当作至交。

祭司啊，这是战场不是祭坛，
我叫你们看作牺牲的荣耀。"

说话间，两个祭司应弦扑地，
这时，伊拉出来祈求上帝。

"上天啊，制止这人杀人的行径吧，
狂人啊，何必无辜地断送性命。

高傲的人啊，为什么制造恐怖，
让他们活着吧，你自己也会幸福。"

没人听她的话，祭坛上火光熠熠，
好像摩奴用特殊的方式进行人祭。

这杀人狂一直未停止屠戮，
百姓一方也没有气馁屈服。

受辱的女王伊拉站在那里，

看人民急于复仇，流血不止。

湿婆放了一支彗星般的神箭，

箭尾上带着能毁灭一切的火焰。

天空中突然传来天神的怒吼，

人们举着明晃晃的兵刃冲锋。

摩奴受重创昏死地上，

血的河流泛滥于战场。

第十二章　苦痛

受惊的萨拉索特城，

显得破乱而又冷清，

刚受到战争的劫难，

笼罩着悲哀的苦痛。

星星像打着火把的士兵，

巡游于万里天空，

看下界的战尘四起，

不知发生了什么事情。

生活中清醒是真实，

还是以沉睡为目的？
一个声音不时告诫：
"世界是可怕的黑夜。"

可怕的思想像幽灵，
在夜晚鼓翅飞行。
萨拉索提河流淌着，
显得安详又宁静。

在伤员们的呜咽中，
藏着伤口钻心的疼痛，
和着鸟儿委婉的鸣啼，
像城市女神讲述悲伤的往事。

一些地方点上了灯盏，
射出缕缕昏暗的光线，
微风在缓缓地吹动，
懒洋洋地带着哀痛。

黑夜像一张青黛色的网，
网住了这看得见的世界，
宁静像个观望者站立着，
总是沉默、可怖和警觉。

祭坛的台阶静静地排列，

伊拉坐在那里形影孤子。
陪伴她的没有别人，
只有祭火愈烧愈烈。

宫殿已不是王权的标识，
像一座坟墓寂然矗立。
因为那里没有往昔的豪华，
只躺着摩奴受伤的躯体。

伊拉感到异常失望，
往事走进了她的回忆。
就这样度过了几个夜晚，
憎恨和怜悯相互交织。

女人的心啊，就是这样，
盛着同情，那甘露的海洋，
也盛着海底燃烧的火，
熊熊的火光把海水染黄。

恨的火焰中有爱的甘露，
热的世界里有冷的国度。
报复和宽恕形影不离，
像一对巫师翩翩起舞。

"诚然，他对我有爱的表示，

可是，他的爱并不专一；
如果爱情那么容易得到，
他会到处滥用爱的权利。

如果把爱的规范割裂，
无遮无碍，专横肆虐，
那就不是真正的爱情，
而是不能饶恕的罪孽。

是的，放荡的爱是罪孽，
孤独是它可怕的症结，
它从生活的角落里跃起，
变成今天这样无边无界。

他对我有许多好处，
我也给过他同情和支持，
难道这一切都是空的，
都是在玩弄虚伪的把戏？

想当初他多么不幸，
在异邦的土地上只身飘零；
周围是一片空虚荒凉，
没有寸土安身立命。

一朝成为统治的中心，

制定法典，管理庶民；

谁知立法者自己违法，

终于受到严厉的惩罚。

在洪水中漂浮的人，

很容易被推上山峰，

那上升的速度不可阻挡，

也不用在崎岖的山路上绕行。

现在他坠落了，昏迷不醒，

往日的飞黄腾达已成泡影，

从前所拥有的一切尊荣，

而今已经转到他人手中。

那给我带来好处的人，

正是对我犯罪的人，

那给大家谋幸福的人，

正是做出杀人暴行的人。

这难以揣摩的功过优劣，

正是世界嫩芽的两片绿叶，

既然二者互为极限，不可残缺，

对它们为何不同等地爱悦？

无论自己还是他人的幸福，

越过一步就变成痛苦；
但是，应当在哪里停住，
似乎谁都说不清楚。

人们常常企望自己的前途，
而抛弃了眼前得到的幸福，
他们好像在前进路上奔跑，
又为自己设置重重阻挠。

我为惩罚他而坐在这里，
还是为守护他受伤的身体？
这是一个多么难解的谜，
我心中像乱麻难以清理。

我有一个美丽的幻想，
希望能有一个好的结局，
但愿幻想能变成真实，
至少要比现在要好上几倍。"

伊拉正在平静地思考，
远处的声音把她吓了一跳。
在这寂静的黑夜里，
一个人一面走一面念叨：

"噢，行行好，请告诉我，

是否知道我那漂流者的下落？
为了找到那个着了疯魔的人，
我四处流浪，受尽折磨。

出于利己的动机，他含怒远离，
我毫无能力将他劝止，
更何况我们不分彼此，
无须做更多劝慰的表示。

谁知这一来犯下大错，
这痛苦像在心里扎上利刺。
我怎样才能再得到他，
有谁会向我大发仁慈？"

伊拉站起来向大路看去，
只见一个人影姗姗而至，
那声音像燃烧一样焦炙，
话语中包含着痛苦怨凄。

她散乱的头发在风中抖动，
身体疲劳，衣服松弛，
像一朵已经枯萎的花，
被摘掉了叶子，吸干了蜜汁。

旁边一个妙龄少年，

挽着母亲，风度翩翩。
紧紧地抓着母亲手臂，
慢慢走着，默默无语。

苦难的过路人是母子一对，
看上去都十分困顿劳累。
他们要寻找的正是摩奴，
那受伤的国王还在昏睡。

看到这两个受苦之人，
伊拉萌动了恻隐之心。
她走上前去打听询问：
"是谁遗弃了你们？
在这漫漫的黑夜中，
你们到哪里去安身？
坐下吧，我也很不幸，
请向我倾吐心中郁闷。

生活是一个长途旅行，
失掉的常常还可会复得；
二人总有相遇的时刻，
痛苦的长夜总要度过。"

西尔塔和孩子停止不前，
在这里休息一下解除疲倦。

她跟伊拉走到祭坛，
那里正闪着明亮的火焰。

祭火一下子烧得更旺，
把整个祭坛照得通亮。
迦马耶尼像看到了什么，
她大步奔向那个地方。

摩奴！正是受伤的摩奴！
难道真像梦中见的那样？
"啊！心爱的人，怎么啦？"
她溶化的心变成泪水流淌。

伊拉感到非常惊奇，
西尔塔坐下轻抚摩奴的身体。
那温柔的抚摸像涂抹药膏，
哪里还有疼痛的疮痍？

摩奴静静躺着昏迷不醒，
此时开始轻轻地抖动，
他慢慢地睁开眼睛，
两只眼睛泪如泉涌。

那少年一直在好奇地观看，
那高大的殿宇、祭堂和祭坛；

"是什么这样新奇美丽？

为什么在我心里引起好感？"

妈妈说："这躺着的是你父亲，

还不快点过来相见？"

少年一听，又惊又喜，

"爸爸！瞧，我来到你的面前。"

"妈，拿水来，他一定很渴，

你怎么只愣愣地坐着？"

他的话震响了空荡荡的祭堂，

那里何曾如此生机勃勃？

当时的气氛十分融洽，

好像组成个临时小家。

西尔塔轻轻唱起一曲，

动人的声音绕着王宫大厦。

"当严重的冲突已经发生，

我的心啊，在努力寻求平静。

惶惑孤苦，坐卧不宁，

向梦中追寻你的游踪。

当你的精神已经疲倦，

我的心啊，为你送来春风。

长久的悲愁已经隐遁，

钻进痛苦的黑树林。

我带给你霞光似锦，

我的心啊，让花朵开于清晨。

当沙漠中炎热如焚，

杜鹃饥渴地翘首天云，

在这生活的原野上，

我的心啊，洒下充沛的甘霖。

当空气像墙一样凝固，

当水流已经濒于干枯，

当世界快要烧焦的时候，

我的心啊，送来春夜的花露。

天空是失望的云雾，

倒映在泪水的平湖，

蜜蜂嗡嗡地飞舞，

我的心啊，我就是含蜜的花簇。"

她的歌声如细流汩汩，

给他输进救命的甘露。

东方已经露出曙色，

摩奴睁开紧闭的双目。

又一次得到西尔塔的帮助，
感激之情充满肺腑。
他高兴地翻身坐起，
满怀恩爱地开始讲述：

"西尔塔，来得多么及时，
可是，我怎么躺在这里？
就是这些台观殿阁，
看到它们就憎恨不已。"

他激动地闭上眼睛，
"把我带走吧，远走高飞，
在这可怕的黑暗中，
我再也不能与你分离。

牵着我的手，我能步行，
不过，要不断给我支撑。
那边是谁？快点走开！
西尔塔，你来，我多么高兴！"

西尔塔默默抚摸他的脑袋，
眼睛里充满了信赖，
仿佛在说："你是我的，
现在不必再担忧惶骇。"

他喝过水，身体稍佳，
又开始慢慢地说话：
"把我带出这黑暗的世界，
别让我继续担惊受怕。

到辽阔的蓝天底下
在深山古穴中安家。
我已经忍受了许多痛苦，
再来多少我也能招架。"

"别急，先在这里住些时日，
一俟体力恢复，立刻远走高飞；
我想，时间不会太长，
伊拉不会赶我们出去。"

伊拉尴尬地站在一边，
不能剥夺他们逗留的权利。
西尔塔的态度已经明确，
摩奴又继续他的话题：

"当生活中充满了乐趣，
过分的要求就接踵而至；
当心中怀着各种愿望，
私人占有欲也日益加剧。

从前我结识过一个少女，
她曾像花枝一样美丽，
当阵阵春风吹来之时，
欢乐总是充斥着天地。

像朝霞捧来红色的酒杯，
她红唇的香气使我陶醉。
我在幸福中消磨青春，
整天懒洋洋地非醒非睡。

好像在秋天凉爽的早晨，
吸吮甘蔗汁那样甜美；
好像在黄昏的朦胧中，
晚霞的卷发那样奇瑰。

突然间，昏天暗地，
从天边刮来暴风骤雨；
世界惶惶然一片混乱，
海水咆哮，波浪陡起。

西尔塔，这时候你来了，
带着吉祥甜蜜的笑意。
我苦难的心见到光明，
像夜空里银河的光熹。

你的形象美好动人，

朝气蓬勃，光彩炯炯。

你像一块锃亮的赤金，

在我心的试金石上刻下深痕。

像朝霞迷恋东方天边，

你的形象使我一见倾心。

你是那样温柔和顺，

教给我美的崇高精神。

我从那个时候起，

才知道美的含义，

也是从那个时候起，

才知道人生的目的。

生活向青春这样发问：

'疯子，你看到什么东西？'

青春这样回答：

'饱吸爱的空气，它是旅途的粮食。'

我的心像个空空的蚌壳，

你就是充满它的酒汁；

我好比湖中的莲花，

你就是莲芯上的蜜滴。

你使这枯萎的秋天，

重新焕发绿色的春意。

你的爱如此之多，

我如喝醉酒而变成疯魔。

像大海总是涛涌浪激，

人世间充满凄风苦雨。

当希望像水泡忽生忽灭，

当我的生命垂危之际，

是你带来平安和吉祥，

也带来了信心和光亮。

生活像雨季的檀香林，

繁盛茂密，郁郁苍苍。

女神啊，你的爱是蜜的流泉，

见到它，连甘露也要钦羡。

它从美丽的山上倾泻而下，

生活将在它的怀抱中融化。

每当黄昏带来星星的秘密，

向我讲述天堂里的故事，

很快就能安然入睡，

解除我一天的劳累。

你好比中流砥柱，

寄托着我全部的志趣。

我生命中幸运的一瞬，

就是花朵张开笑脸的时分。

你的笑脸如春夜的圆月，

你的呼吸能使花林回春。

你步履款款如春风漫舞，

你的声音连笛子也自愧不如。

你像远处传来的笛声，

驾驭着我呼吸的清风，

奏出一个新的韵律，

回荡在人世的穴洞。

你能从生活海洋的深处，

取出晶莹明洁的珍珠；

你的歌曲给我欢愉，

也给世界带来安逸。

希望之光炽热煜炜，

蒸发着我心中的湖水，

形成一个小小的云朵，

它周围是爱的月辉。

你就是耀眼的闪电，

在云层里上下翻飞，

终于催下毛毛细雨，

心中的荒野一片翡翠。

你兴高采烈地告诉我，

人世自有乐趣，全凭进取；

你满怀赤诚地教给我，

与生灵共处，和睦欢愉。

你的指引像闪电，

照亮了迷途的坎坷。

你的心仁慈良善，

总是奉献他人为乐。

你是幸福的及时之雨，

你是爱情的宜人之夜；

永远尽自己最大能力，

去弥补生活中的欠缺。

你使我的爱有所寄托，

在我心上涂上同情的颜色；

我将永远感戴不尽，

你对我的无限恩泽。

可是，我的心狭隘卑鄙，

没有理解你吉祥的真谛，

并且我至今还偏颇固执，

常受制于一时的悲喜。

好像我是用两种材料构成，

即迁怒他人和偏爱自己。

现在我已经明显感到：

仁爱之光尚未照进我的心里。

生活好像受到了诅咒，

我也变成了行尸走肉；

不停地四处游荡，

在渺茫中摸索探求。

周围虽然一片漆黑，

却注定要受本性的引诱，

我简直是气急败坏，

对一切对自己都不能宽宥。

你想要给我的东西，

我一直未能得到。

你的蜜汁不断倾出，

我的杯子却那样窄小，

它们都白白地流走，

我未能有幸享受到。

心上有自私和诡辩的裂缝，
欲壑总是难以填平。

这孩子是我吉祥的福音，
是我生命中最宝贵的部分。
我心中的爱要倾注给他，
他给我以巨大的吸引。

愿他和大家都永远幸福，
除开我这有罪之人。"
西尔塔默默地看着摩奴，
心里不由得狂风阵阵。

白天过去，又一个夜晚，
大家都感到困倦不堪。
伊拉躺在少年的身旁，
努力压抑着自己的情感。

西尔塔心情十分忧伤，
疲劳地把头枕在手上，
她完全陷入了沉思，
摩奴咀嚼全部痛苦，不声不响。

他在想："生活是幸福？
不，是一座可怕的迷宫；

摩奴啊，快逃走吧，
摆脱这无边的苦痛。

她像拂晓金色的霞光，
我像隐隐约约的浮影。
我如何能够再去见她，
脸上满是罪孽的尘蒙？

还有我的那些敌人，
忘恩负义，怎能轻信？
压下惩罚和复仇情绪，
叫我的心慢慢地死去？

只要和西尔塔在一处，
她就不会让我实行报复。
哪里能够得到平静，
我就要到哪里去谋生。"

大家醒来，开始新的一天，
他们发现，摩奴不在身边。
"爸爸哪里去了？"
少年心中非常不安。

伊拉认为自己罪过最大，
又悔又恨，十分难堪。

迦马耶尼心乱如麻，
坐在那里默默无言。

第十三章　显现

那是个没有月亮的晚上，
黎明女神尚未起身梳妆。
一天星斗在闪闪发亮，
倒映在河水平静的胸膛。

缓缓的河水没带走星影，
河面吹来阵阵凉风。
一排排树木悄悄地站立，
仿佛在聆听风的叮咛。

河水冲洗着西尔塔的双脚，
她眼前是一片朦胧的阴影。
"妈妈，你到这里做什么？
现在已经是夜深人静。
这里有什么美景可看？
回家吧，家里已升起炊烟。"
西尔塔听完儿子的话，
非常高兴地吻了他。

"妈妈，你怎么这样忧伤，
难道我不在你的身旁？

几天来你都沉默不语，
不知你在把什么思量。

事情憋在心里多么难受，
像一团火燃烧在胸膛。
你一连声地长吁短叹，
似乎我感到悲观失望。"

"你看无边无际的天空，
有几朵浓云低垂，
四处游动，时喜时悲，
风像顽童一样追逐嬉戏。

星星三三五五聚在一起，
像无数萤火虫在夜空淘气。
世界向所有人洞开门栅，
普天下就是我们真正的家。

眼睛所感知的全部世界，
以及这世界上的无谓哀乐，
像光在感觉的海中蒸发云气，
像星露充满世界各个角落，
像群山忽高忽低起伏莫测，
像泉水从群山的怀抱流过。
这一切都有趣地交织在一起，

这一切都是上苍的魔术游戏。

世界醒来时眼睛通红，
睡去时蒙上黑色的帘栊；
像霓虹变化着自身颜色，
生死兴衰，无始无终。

不仅色彩缤纷、妖冶多姿，
更有宝石的花朵，星光炯炯。
宇宙是一个巨大的湖泊，
这世界是一只美丽的天鹅。

世界本来充满安康和平，
凉爽宜人，炎热只是错觉造成。
不断的更新使它永远繁荣，
微笑是它全部的表情。

它心府中充满了快乐，
热闹非常，到处是节日的笑声。
我就栖息在这样的窠巢，
它极其美好，安乐清平。"

"圣母，对我为何这样厌烦？
我为何得不到你的爱怜？"
听见这话，西尔塔转过身来，

原来是伊拉在昏暗中出现。

她像被天狗吃了一半的月亮，
悲苦的线条依稀可辨。
她像在痛苦地丢掉所得之物，
仿佛睡去的命运又睁开双眼。

"哪里谈得上什么厌烦？
你不过是对生活盲目迷恋。
抛弃我的人得到你的帮助，
是你把他的性命保全。

你给人希望，具有永久魅力，
像令人沉醉的低垂的云烟。
你有一股激奋人心的力量，
使摩奴的精神永不厌满。

我用什么来报答你的好处？
只有一颗心和几句话语。
我常常笑也常常哭，
我有收入也有支出。

失之东隅又收之桑榆，
以哭为乐，长歌当哭。
我充满仁爱和温情，

不念旧恶，奔走四处。

你的面庞确实清秀俊美，
难怪摩奴失去理智而获罪。
女人生来就有爱的魅力，
像树阴一样给人安绥。

她们使世界吉祥昌盛，
如此纯洁却得不到安慰。
我想替丈夫求你原宥，
做妻子的责任不能推诿。"

"现在我不能沉默无语，
人世间有谁清白无罪？
大家都尝受生活的苦乐，
往往只讲欢乐不提伤悲。

他们一旦有权就会滥用，
像雨季里常常淫雨霏霏。
又有谁能出来阻止？
他们会说你故意敌对。

这里正在出现纠纷，
人为的界限正在取消；
人们被分成高低贵贱，

各以自己的力量居功自傲。
像饮贪泉而变得疯狂，
如今我已丧失勇气和力量。

我曾以造福闻名全城，
现在是导致衰败的谬种。
我划分阶级的做法受挫，
别人的新法规又在实行。

像乌云在各地集结，
落下冰雹，留下灾情；
像祭火蓬勃地燃烧，
不断投入大量牺牲。

难道我完全坠入歧途？
使无助者遭受毁灭性荼毒？
把生命送进死亡之口，
他们无可奈何默默忍受？

难道勤勉奋斗都是徒劳，
祭祀的力量也属荒谬？
对恐怖崇拜啊，向迷惑哀求，
难道命运的阴影永在额头？

是我破坏了你美好的爱情，

圣母啊，我夺去你的幸福。
如今我是一无所有的乞丐，
连我也不能对自己宽恕。

我说的这些甜言蜜语，
连自己听了都觉得不足。
宽恕我吧，不要恨我，
让我这死去的心重新复苏。"

"湿婆的愤怒尚未平息，
所以现在仍然昏天暗地。
你有头脑但缺少情感，
使生活像演戏总是忧虑。

精神上失去了美好友爱，
使它得不到发光的时机。
人们都匍匐于各自的生路，
划分阶级实在是荒谬悖逆。

生活是一股美好的溪流，
它光明愉快，真实持久。
思维者啊，你只是浮光掠影，
只看见它表面上的浪头。

一天八个时辰①瞻前顾后，

这怎能不在道路上滞留？

苦和乐像光和影巧妙结合，

你忘记了生活中起码的原则。

把人们在精神上分割开来，

势必使人间充满冷漠倦怠。

精神的实质乃是无限的世界，

而世界的变化又丰富多彩。

无数的分子在离离合合，

永远载歌载舞充满欢快。

这世界回响着一支旋律，

一个声音：醒来吧，醒来！

我在世间的火中熔炼，

做牺牲心中也愉快坦然。

你不原谅我，反而向我索取，

可见你胸中必然是灼热一团。

那就把我身边的珍宝拿走，

让我只身上路，不再愆延。

好孩子，你留下与她一起治国，

共同努力，这里会变成乐园。

_____

① 时辰（pahar）印度的计时单位，相当于 3 小时。

你二人共视朝政，

切莫使百姓惊恐。

我前去寻找摩奴，

将不辞千辛万苦。

他本质纯朴，不会继续欺骗，

我真心爱他，终将重新团圆。

然后再来看你们的国事，

马诺①，愿你功德无量流芳永年！"

少年说："别割断慈爱的线，

妈妈，别这样留下我不管。

但是，你的命令我会遵从，

你的慈爱会永远在我心间，

我要毕生报效你的恩德，

这是我至死不渝的诺言。

如今，你要离开我远去，

但愿有一天再回到你身边。"

"好孩子，伊拉纯洁的爱情，

会解除你的痛苦和不宁。

她有聪明才智，你有坚定信念，

要大胆冷静，三思而后行。

---

① 马诺（Manava）摩奴与迦马耶尼之子。后世此词是人、人类的意思。

你先要解除她的烦恼，

让人类的命运重新上升。

让所有人都享受平等，

好孩子，别忘记妈妈的叮咛。"

"你的话是那样动人心弦，

我将奉为准绳，永矢弗谖。

圣母啊，你深厚的慈爱，

将成为永不枯竭的源泉，

像久盼的浓云洒下甘露，

驱散了全部炎热和干旱。"

伊拉说罢，摩足 ① 敬礼，

然后拉起少年花枝般的手臂。

三个人一时间沉默无语，

似乎忘却了周围，忘却了自己。

今天只是形体上的分离，

三颗心却紧紧地贴在一起。

像一粒粒被打散的水珠，

在生活的浪花里重新汇集。

两个人向城里慢慢走去，

越走越远，两个人影合为一体。

---

① 指印度人晚辈向长辈行的触脚礼。

天地间一片幽雅宁静，
仿佛是一幅迷人的画屏。
天空的胸前是许多斑点，
像夜神劳累后的汗星，
亮晶晶地滚动却不落下，
在地上投下肃穆的阴影。
河岸的树木伸向远方，
看上去是那样晦暗凄凉。

一群群星星打扮一新，
像一束束鲜花开在阳春。
它们仿佛是天界的微笑，
柔和的光芒布满胸襟。

神奇的天河正在流淌，
闪闪的清辉是它浪花滚滚。
下界笼罩着巨大的暗影，
突然离去，又悄悄来临。

在没有人迹的河边，
和风荡着自己的秋千。
一簇簇缓缓的细浪，
撞击着岸边消散，
不断发出哗哗的响声，

繁星的倒影在水中打战。
世界仿佛静静地睡去，
像一朵不散发香气的睡莲。

像萨拉索提河不住地叹息，
西尔塔向四周寻觅。
她那两只闪亮的眼睛，
像两颗未经雕琢的璞玉。

黑暗中她好像听到嘁嘁声，
这难道仅是河水的唏嘘？
不，旁边是青藤遮盖的洞口，
里面有人正在叹气。

安谧的河畔像一张画页，
多么美丽，多么圣洁！
远处是连绵起伏的山峦，
她的头高出那山峦的曲线。

像经过尘世熔炉的冶炼，
金子铸成的雕像一般。
摩奴看到她非凡的形象，
正是造福世界母性的仪范。

"啊，你不是追求享乐的女人，

你没有充满贪欲的灵魂。

西尔塔，你失去一切，

哭泣着把丈夫找寻。

我从那些人中间逃出，

你却把一切给了他们。

你的心难道没有痛苦？

你的想法实在奇异惊人。

他们像野兽一样凶残，

我们的儿子尚未成年。

他说的一番话我已听见，

是那样纯真动听，富于情感。

你的心该有多么坚硬，

伊拉再一次把你欺骗。

射出去的箭已经不可收回，

这时候你还能如此坦然！”

“亲爱的，你至今还如此多心，

给人一些东西自己不会成为乞丐。

这是兑换或者叫作交流，

现在是用宝贝来替你还债。

把你的亲人送交出去，

把你罪过的枷锁解开。
无论得失都应当高兴，
不必痛苦也无须奇怪。"

"女神啊，何等广袤的胸怀，
完美无瑕的母性的表率！
你高尚，使人人都吉祥如意，
全部的痛苦你一人担待。

你的话语就是福音，
你的心是宽容的大海。
我曾错把你当成普通女性，
可见我的思想多么低劣狭隘。

我在无人的河岸上徘徊焦虑，
忍受着痛苦，饥饿和风雨。
我走着走着来到这里，
心像被车轮碾过的碎泥。

身体疲劳，精神恍惚，
仿佛我的实体化归空无。
不要只觉得我卑劣渺小，
胸膛已穿透悔恨的锋镝。"

"最亲爱的，这寂静柔和之夜，

勾起我对往事的回忆。
当洪水怒涛平息之时，
我把生命的一切献给了你。

当时我那样赤诚脆弱，
这一切叫我怎能忘记？
走吧，到一个遥远僻静之乡，
真的，我永远属于你。

马诺是我们这对神祇的后裔，
现在让他去纠正全部的过失。
那欲望造成的巨大苦难，
让他用自己的功行去清洗。

他会解脱众生，除却迷误，
人们将知道节制的意义。
虚伪的东西终将垮掉，
错误的轨迹将会消弭。"

那天空是黑暗还是荡然？
无形的幕从一端拉到另一端。
从里到外，漆黑一团，
像一堆黑色的油烟。

浓重的黑暗形成一个背景，

摩奴在目不转睛地观看，
虚空中黑暗没有尽头，
从一端看不到另一端。

虚空中蠕动着一个实体，
它慢慢地把幕布撩起，
像蜜的河流汇进海水，
月光与黑暗拥抱在一起。

银色的月啊，闪亮的生命，
吉祥的灵魂，发光的奇迹！
光在黑暗中自由嬉戏，
像浪花在河中那样顽皮。

现在，天空布满了光华，
黑暗变成自然界的头发。
声音在宇宙间回响无穷，
是股精神力量刺破太空。

因为舞圣正忙于跳舞，
所以天上才飘扬着笑声。
那伴奏的乐曲调式优美，
足以使人忘记时空。

舞圣的动作是那样欢快，

浑身焕发着迷人的光彩。
舞姿是那样优美动人，
亮晶晶的汗珠流出体外。

日月星辰是汗水的结晶，
脚下的尘埃变成了山脉。
双脚起落是创造和毁灭，
无穷的声音响彻天外。

宇宙分布着无数圆形世界，
各个时代也在定期交替。
湿婆电的眼睛看到哪里，
哪里的世界就要战栗。

他撒下无数有知的粒子，
它们顷刻间又都消失。
这个世界像在秋千上摇摆，
无穷变幻的序幕刚刚揭开。

那力量的化身金光闪烁，
正专心舞蹈以消除罪恶。
在他那光的海洋中，
连自然界都被消铄融合。

他不断变幻美丽的外表，

越美丽就越使人胆慑。

他在雪山顶上欢笑，

像宝石山上雷鸣电掣。

摩奴看到舞圣显灵的奇迹，

特别高兴，忘乎所以。

"西尔塔，你瞧见没有？

走，带我到他的住地，

到那里烧毁尘世的罪孽，

使我得到净化纯洁，

形体同样也会喜悦完整。"

第十四章　秘密

高原上夜色茫茫，

上面的积雪分外安详。

疲倦的小路不能继续延伸，

高傲的山峰向四周张望。

两个行人早已动身，

正向高山攀登迈进。

西尔塔在前摩奴在后，

不断增强勇气和信心。

凌厉的朔风阵阵；

"行人啊，及早回身，

你避开我走向何方？
为何这样不知自珍？"

群峰好像在不断加高，
争先恐后地触摸苍旻；
千沟万壑幽深无底，
像高山身上的累累伤痕。

阳光照到透明的冰凌，
像反射出无数的月影。
迅疾的旋风气急败坏，
刚刚刮过又卷土重来。

腰间飘动着白色云气，
脖子上戴着五彩虹霓。
它们像激动的象群，
戴着光闪闪的装饰。

再下面是飞瀑悬泉，
清凛甘冽，咆哮激湍；
像天帝因陀罗的坐骑——
那白像头上的清源。

山麓上平坦苍翠，
像画图一样秀美；

一条条奔腾的河流，
像固定在画面上的藻绘。

抬头仰望，碧落万里，
俯身鸟瞰，万物如蚁；
他们已达到这样的境地，
再攀登一步也不容易。

"西尔塔，把我带向哪里？
我已经走得十分疲惫。
像断绝了给养的旅人，
我丧失了前进的勇气。

回去吧，撤出风暴的漩涡，
我现在已无力拼搏；
冷风使呼吸困难异常，
如何能顶住它的折磨？

我所厌弃的那些东西，
它们确曾属于我；
如今在山下遥远的地方，
怎能不引起我的追索。"

西尔塔的脸上闪出笑容，
那样赤诚而又坚定；

她伸出嫩枝般的双手，
想帮助他继续前行。

搀扶着丧权的伴侣，
迦马耶尼柔声细语：
"我们走这千山万水，
现在哪有玩笑的暇余？

这里没有方位和时间概念，
我们仿佛是在太空中间；
你有没有这样的感觉，
脚下踩着的也不是高山？

这里虽然没有居住基地，
如今我们只能在此休憩；
我不想再去做命运的玩具，
记住，此外别无良方妙计。

你感到眼前漆黑一片，
就要继续向高处登攀；
你感到逆风强劲有力，
就要进一步坚定信念。

像一对鸟儿在空中颉颃，
高天气流鼓起我们的翅膀，

凭借风力可以稍事休息，
闭上眼睛任身体滑翔。

不要急躁，不要慌张，
瞧，前面是多么平坦的地方。
摩奴定睛仔细观看，
像得到了一点救命的食粮。

正当白昼和夜晚的交接点，
那里仿佛有夏天的新鲜感；
所有的星斗还没露面，
好像谁都不急于点上灯盏。

季节的次第已经打乱，
大地的轮廓也隐而不现。
在这没有根茎的大世界里，
心中好像升起新的灵感。

像三个彼此分离的光斑，
三种景象出现在摩奴眼前。
它们好像是三界的表征，
相互不同，各有奇观。
"西尔塔，快告诉我，
这是在什么地方？
快把我救出魔网。"

"你正处在三界①之间，

三界都有伟力蕴含。

一个个仔细观察，

欲行知三界了然。

先看那红色的圆球，

像美丽朝霞的锦绣。

迷人的外形渺渺茫茫，

是感情偶像的庙堂。

色、声、气、味、触②，

那具体可感的美好形体，

像许多五颜六色的彩蝶，

在四面八方浮游不息。

那里像满是春花的丛林，

到处洋溢着金色的花粉；

彩蝶醉游，时睡时醒，

在醉迷中情感充盈。

那富于旋律的声音，

是它们打着柔和的呵欠，

---

① 此处指三种境界，即下面所说的欲、行、知三种境界，是诗人将抽象的哲学概念做具象化描述。

② 指人的五种感官——眼、耳、鼻、舌、身所感知的对象。

像阵阵醉人的水波，
打湿了他们的衣衫。

美好的触摸像是拥抱，
使他们周身舒适酥软，
像含羞草一样娇嫩，
很快收缩又慢慢舒展。

那里是生命土地的中心，
是由滋味的河流滋润；
这河流不停地波动，
希望垂涎甘美的水纹。

在滋味河流的两岸，
移动着魅人的形体，
它们那样小巧玲珑，
活泼精美，像电的微粒。

那块妙土上有许多毛细小孔，
带着蜜汁的香气从那里升腾；
像千万个看不见的喷雾管口，
芳香的蜜珠如细雨蒙蒙。

这个世界中的影像，
像活动的画面四处游荡。

摩耶①女神坐在那里笑着，
赤色球体如在她的掌上。

她转动着情绪的车轮，
它带动了欲望之车的轴心。
那甘美的滋味好比辐条，
把轮框和轴心连得很紧。

这是个有魅力的世界，
这里崇拜迷恋的感情；
这就是她的统治，她的法度，
她就用这个罗网来束缚生灵。

欲界生灵的形体细微，
像花朵徒有颜色和香气；
女神们和谐的歌声，
像好看的秋千飘荡摇曳。

在这情感充斥的土地上，
生长各种罪孽和业行，
在这熊熊烈火中熔化，
铸造出各种不同的性情。

像青藤纠缠着大树，

---

① 摩耶，幻。印度古典哲学的一个范畴，指客观世界的不真实性。

情感上也捆束着法度；
这是生活森林中的疑难，
海枯石烂，愿望也难实现。

这里是常春的泉源，
也制造萧索的秋天；
甘露总是伴随毒酒，
痛苦和欢乐一脉相连。"

"你的解释多么精当！
迦马耶尼，再接着讲，
那个黑色的世界，
又有什么奥秘蕴藏？"

"摩奴，黑色的便是业界，
昏昏然暗如黑夜。
那里漆黑一团不可知晓，
这混沌之景象充满尘芥。

造业的轮子正在旋转，
这圆形世界受命运驱遣。
在所有生命的背后，
都有个多变的新的欲念。

它像开动着的庞大机械，

疲劳、不安、痛苦、急切，
连一刹那也不得休息，
生命是行为机械的奴隶。

欲界中的全部精神快乐，
到这里都变为痛苦的折磨。
把杀生当作荣誉的项圈，
高傲的灰尘弥漫着空间。

人们的形体内物质凝结，
执着生存，不停造业；
欲界的法规变为惩罚，
所有生灵都痛苦呜咽。

造业却又不得满足，
像受着鞭打和催促；
无可奈何，分秒不停，
战战兢兢，胆寒心怵。

命运操纵着业轮，
欲望引起贪恋之心；
五大元素构成的物质，
在这里受到推崇遵循。

这里永远是争斗和竞赛，

失败和混乱是这里的主宰；
在黑暗中疲于奔命，
这一切便是疯狂社会的形态。

形体正在变得粗劣，
可怕的根源在于造业。
这是内心的强烈贪欲，
是温情的悲惨终结。

这里统治者的命令在下达，
这里回响着胜利的喧哗；
而饥寒交迫的受压迫者，
却一次次地被踩在脚下。

这里，造业被解释为责任，
疯狂被说成是为了前进。
那痛苦如皮肤在火上炙烤，
血和水流自那破裂的燎泡。

这里似乎堆积着大量财富，
然而都如海市一样缥缈虚无。
他们把瞬间享乐当作幸福，
一批人消失了，一批又出。

这里的人们渴求尊威，

为此他们甚至不惜犯罪。
他们受到狂热的操纵，
把自己当作造物主的同类。

生命元素的深沉水塘，
在这里已结满冰霜；
欲望的伤口焦灼滚烫，
随时都要面对死亡。

这里冒着蓝色和紫色的火焰，
一刻不停地熔冶锤炼，
金属受锻打只改变形状，
灵魂却不受死亡的考验。

暴雨裹着雷电的怒骂，
轻而易举地冲毁堤坝，
淹没了原野林莽，
向着目标奔流而下。"

"好，不要再继续介绍，
这世界的情景极为可怕。
西尔塔，说说那明亮世界，
它像白银堆成，大放光华。"

"最亲爱的，这是知界，

人们摆脱了苦和乐的缧绁，
无忧无恨，公正廉洁，
智慧的轮盘常转不歇。

他们雄辩地指出，
实在与虚幻的区别，
他们同尘世没有牵扯，
只是把解脱奉为圭臬。

这里能得到应得的东西，
然而，唯独得不到满意。
每人分得一点智慧和进步，
像干旱的沙漠靠露水充饥。

沉浸于思辨、修行和高贵，
这些人眼睛里闪着光辉，
像在夏季的沙漠里，
枯泉边上发亮的沙粒。

他们在小心地保持平衡，
一端是欲望一端是业行；
他们像廉洁的法官，
不能因小利而乱大端。

他们拿着自己智慧的小杯，

去承接知识之泉的滴水；

就这样乞讨生命的汁液，

坐在这里不衰老也不凋萎。

这里由法^①来解释权利，

按照法的天平实行分配。

这里无疑是非常公正，

人们稍有所得便舒心写意。

品德高尚是他们的特点，

洁身自好如池中白莲；

又如蜜蜂采集生活的蜜汁，

自己劳动却不享受甘甜。

这里有秋夜的银色月光，

它刺破并扫除着黑暗，

但这种情形并非固定，

明暗相随永远变化多端。

看，他们显得十分平静，

但内心狐疑，生怕失却检点，

他们皱着眉头，多么傲慢，

难道这是满意的表现？

---

① 法（dharma）又音译达磨、达摩，有法则、规范、天职等含义。

生活中乐趣不能沾边，
财富只能积累不能消遣，
一个人只能分到一小份，
要克制欲望，杜绝虚幻。

他们力图使生活安定，
可是混乱总是不断发生。
据说生活的本质是别的东西，
与人的自发愿望恰相对立。

他们外表平静内心烦闷，
履行着经典中的古训；
而这些充满学识的训条，
却瞬息万变众说纷纭。

这就是你看到的三界，
三个光辉灿烂的球体；
它们各有苦乐自成一统，
彼此不同又远远分离。

缺乏智慧，行为不轨，
心中欲念何以顺遂？
欲、知、行三界脱离，
这正是生活中惨败的根底。"

西尔塔说罢莞尔一笑，
像投向三界的强光一道；
它们即时连为一体，
熊熊火焰在里面燃烧。

罡风吹动那强劲的火焰，
火焰上下是美丽的曲线；
它仿佛在说：不行，不行！
太空中已经是金黄一片。

火海中掀起了波涛，
把三界全部纳入怀抱；
此时响起鼓乐号角，
声音在宇宙间回响飘摇。

像焚尸堆上的熊熊火苗，
像大死亡中的可怕舞蹈，
大火充满宇宙各个角落，
正把恐怖的图景制造。

三界好比梦幻、沉睡和清醒，
被化成灰烬而合在一道。
这时响起奇妙的音乐，
西尔塔和摩奴饱受熏陶。

第十五章　极乐

在景色秀丽的河旁，

在高山峡谷的道上，

有一队行人慢慢行走，

带着他们途中的糇粮。

一头白牛 ① 身盖苏摩圣草，

它就是达磨的神圣代表。

颈上铃声铿锵富于节奏，

它步履稳重肢体健矫。

马诺走在牛的左侧，

右手执着牛的绳索，

左手持着三叉花戟 ②，

脸上是无限的神采光泽。

他发育良好体魄雄健，

像头小狮子正当华年。

青春赶走了儿时浮躁，

代之以老成深沉和庄严。

伊拉走在牛的右边，

---

① 白牛，本是湿婆大神的坐骑。
② 三叉戟，本是湿婆的武器和法宝。

身穿晚霞般的衣衫；

她默默行走神态安详，

内心像迟暮的鸟巢不闻啼啭。

娃娃们的细声碎语，

妇女们的吉祥歌曲，

小伙子们快乐的喧哗，

笼罩着这条山道上的行旅。

这是一支密集的队伍，

马鹿背上驮着重物；

一些娃娃也坐在上面，

相互逗趣做着鬼脸。

母亲们用手扶着孩子，

一边走一边低声絮语，

和蔼地向他们解释：

咱们这是往哪里去。

一个孩子向母亲抱怨：

"我早就听得腻烦，

就要到了，就要到了，

那个地方就在前面。

怎么一直走到现在，

连个人影也不见？
那个圣地到底在哪儿，
你为它把腿跑断？"

"圣地已经离得很近，
平坦的地上长着松林；
云彩拿着自己的小杯，
在松叶上收集着露水。

瞧，前面的那个斜坡，
我们马上可以越过，
圣地就会出现面前，
它极其神圣光辉灿烂。"

那孩子又找到伊拉，
吵嚷着叫她停下；
一个劲地纠缠不舍，
非要她讲个故事不可。

伊拉低头看着脚尖，
目不转睛地像在盘算，
她像向导似的走着，
一步步地不紧不慢。

"我们要去的地方，

是世界上的神圣之乡。
有人在那里修行，
非常沉静而又安详。"

"什么？修行？安详？
你怎么不仔细点讲？"
孩子向伊拉央浼，
她想讲又感到愧惶。

"我听说从前有个智者，
有一天来到这个地方；
他厌恶人世间的痛苦，
内心十分焦虑忧伤。

他的痛苦非常可怕，
布满所有的山麓川峡；
像烧山的熊熊大火，
使深山老林惶恐惊诧。

他的妻子寻找他，
也来到这里住下，
看到这种情形，
她伤心得泪如雨下。

那泪水给他带来恩惠，

带来了幸福和吉利；
所有的山火统统浇灭，
森林又穿上绿色新衣。

山泉高兴地奔跑雀跃，
绿色的春影降临大地；
干旱的沙漠张开笑脸，
粉红的嫩芽破土而立。

如今他们双双坐在一处，
念念不忘为世界服务，
让大家满意和快乐，
帮人们把痛苦解除。

那里有一个明洁的大湖，
它的水能使心火平伏。
它的名字叫玛纳斯，
朝拜它能得到幸福。"

"你为什么闲着这头牛，
偏要自己徒步行走？
骑上它该多么省力，
你可以在上面好好休息。"

"我们在萨拉索特居住，

到此地来朝拜圣湖，

要在人生的空罐里，

装满长生不死的甘露。

这牛是达磨的象征，

到圣地将把它放生；

让它永远自由自在，

让它永远幸福安宁。"

大家相互搀扶保护，

终于下到一个山谷，

那里平坦如砥，

一片绿色的荫翳。

旅途的焦急和辛劳，

顿时都云散烟消。

雪山出现在他们眼前，

是那样峻拔而又高傲。

那山谷景色非常迷人，

青藤翠树，碧草如茵；

新苑古洞，湖水清澄，

真是圣地仙山，美妙奇境。

林中树木扶疏挺拔，

枝条上发出花花绿绿的新芽；

到处都是奇花异草，

那里简直是花木的天下！

这队行人来到湖畔，

玛纳斯的景色奇幻幽雅；

简直是一个独立的光明世界，

飞禽和驯鹿的自由之家。

玛纳斯湖水清澈见底，

像绿祭坛上镶着蓝色宝石，

像大自然梳洗打扮的明镜，

像月亮女神在这里悄悄睡去。

太阳已经躲到大山背后，

月亮已经步入了天幕；

在苍苍茫茫的暮色中，

凯拉斯峰①像在沉思怀故。

司昏女神来到湖滨，

身上穿着树皮的衣裙；

星星像她发辫上的珠宝，

檀香花像她腰间的饰品。

---

① 传说中湿婆大神的驻地。

小鸟叽叽喳喳地回了窝，

天鹅也唱起一支支短歌，

那声音在山中回响，

像紧那罗 ① 以新曲相和。

在那明丽的湖边，

摩奴正凝神坐禅；

西尔塔站在一旁，

双手捧着各种花瓣。

她把花瓣轻轻撒下，

无数蜜蜂愉快地喧哗；

声音打破周围的寂静，

摩奴仍沉湎于禅定。

大家认出他们二人，

怎能抑制内心的高兴；

看到他们天神般的风采，

怎能不上前鞠躬致敬！

那身盖苏摩草的白牛，

也摇响脖子上的串铃；

马诺紧紧跟在伊拉身后，

急趋向前，大步流星。

---

① 紧那罗，印度神话中一种能歌善舞的小神。

伊拉不是来祈求宽恕，

因此她今天分外忘情；

她看到眼前的这幅图景，

眼中充满了赞美之情。

由于永远和自然融为一体，

那觉醒的神我① 异常兴奋；

极乐② 是他内在力量的标志，

像波浪是大海的组成部分。

马诺跑到西尔塔面前，

用双臂把妈妈抱起；

伊拉俯身顶礼膜拜，

激动的言语断断续续：

"我今天是多么荣幸，

能这样步行来到这里，

圣母啊，正是你的慈爱，

吸引和支持我到达圣地。

从前，身在迷中不知迷，

这已经成为我的恶习；

---

① 神我，印度古典哲学范畴，指个体灵魂。
② 极乐，印度古典哲学范畴，指无限美好、不可思议的境界。

圣母啊，我今天才明白，
当初我是何等愚昧。

我们组成一个庞大的家庭，
一路迤逦前来朝圣；
听说来到这个地方，
可以洗涤一切罪行。"

摩奴听毕微微一笑，
举手遥指凯拉斯的云岑：
"瞧，周围都是山峰，
世界上没有任何外人。

我们，只有我们，
同一个家庭的成员；
你们像我身上的部分，
缺少谁都有失健全。

这里没有人受到诅咒，
没有痛苦也没有罪犯；
生活的大地那样平坦，
大家平等，不分贵贱。

在大知大觉的海洋，
分布着生命的波浪；

每个人都有自己的印记，
每个人都有自己的形象。

星星在空中眨眼，
倒映在满是月光的海面；
像水中的白色气泡，
忽明忽灭，忽隐忽现。

这正如生命的创造，
实现在这个海洋中间；
生命中都融合着欢乐——
这至高无上的情感。

有知和无知结合的具体世界，
被痛苦和幸福所激昂；
最高精神呈现的巨大身躯，
永远存在，永远美好吉祥。

因此，为所有人服务，
正是为自己造福；
任何尘埃微粒都属于自己，
不平等情绪纯属错误。

因为各自的处境不同，
像醉酒一样头脑不清；

这种'我'的概念，

似乎占据了所有人的心田。

在司晨女神睁眼时醒来，

在夜神合上眼睛时睡去，

去做自己的美梦吧，

在夜神美丽的长发里。

人是知觉的见证，

愿他们愉快而平静；

在心湖的甜美结合中，

深深地沉湎汇融。

把一切不平等的情绪除掉，

让人们不受苦和乐的干扰，

让他们都能认识自我，

整个世界就会变为一个鸟巢。"

那微笑的美好曲线，

浮现在西尔塔的唇端；

像一束红色的光芒，

照射在她的面庞。

迦马耶尼独一无二，

给世界带来吉祥之光；

像玛纳斯湖畔的花丛，
喜悦在她的心中闪亮。

她是世界大知大觉的化身，
是使人们万事如意的征信。
她像一个清澈的湖泊，
宽阔、圣洁而又深沉。

迦马耶尼的朗朗笑声，
激荡在万里太空，
像笛音一样悠扬，
使有知和无知都受到感动。

它使世界这朵荷花开放，
顷刻间便是欣欣向荣的景象；
喜悦的甘露充满人间，
金色的花粉纷纷扬扬。

那甜蜜的气流载着芬芳，
芬芳的气流载着蜜浆；
轻轻地吹过莲花的池塘，
又染上一身更浓的蜜香。

那风沉醉地飘然而至，
使无数花蕾不断开放；

它不知带来多少亲吻，
安放在柔软的花萼上。

像忘记了什么事情，
它故意磨蹭，走走停停；
花粉和蜜汁是那么浓重，
使它像凝云漂浮半空。

它像吉祥的森林女神，
双手撒下团团花粉；
它像海中的妙高山峰，
在水里照出金色倒影。

假如世界是一个美女，
它就是她幽会前的叹息。
假如天空是一个舞台，
它就是那里演出的吉祥新曲。

花枝因它而翩翩起舞，
花香因它才四处飘溢；
竹笛因它而产生声响，
空中才能有美妙的旋律。

蜜蜂陶醉的嗡嗡声，
像舞伎震响动听的脚铃；

又像琴弦的美好音响，
在空中萦绕飞行。

春光醉醺醺地跑来，
伴随着踉踉跄跄的春风；
香气和着杜鹃的啼鸣，
落花怀着惜别的深情。

大自然像一个美女，
春风揉皱了她的纱丽；
春风又如一个轻微的寒噤，
给世界万物送来凉意。

痛苦总是伴随着幸福，
像戏中插科打诨的丑角；
表演完就躲进幕后，
从此便无事逍遥。

枝条上满是花朵，
像一串串美丽的璎珞，
由于蜜汁压得太重，
花瓣慢慢地凋落。

冰峰上反射着光芒，
像宝石灯在闪闪发亮；

风回荡在冰峰之间，

像激越的鼓声震响。

生活的管笛已经奏起，

迷人的乐曲四方洋溢；

这情景暗示了一个心愿：

世界万物走向一体。

明月的光辉如万千仙子，

在天空中竞献舞姿；

收集起芳香的花粉，

给舞台增添了迷人的装饰。

覆盖着石块和冰雪的自然界，

今天像具备了血肉之躯；

急于加入那舞蹈的行列，

笑得像快活的仙女。

雪山头戴月亮的王冠，

像湿婆端坐，高兴地观看；

玛纳斯就像帕尔瓦蒂①，

湖波是她优美的舞姿。

从每一个人的眼睛里，

① 即湿婆之妻雪山神女。

都射出纯洁仁爱的光辉；

彼此间都心心相印，

把对方认作自己的部分。

周围的景色异常美丽，

使无知和有知同样醉迷；

一切都由同一个精神指导，

一切都得到巨大圆满的欢喜。